Adolf Friedrich von Schack

# Ebenbürtig

Roman in Versen

Adolf Friedrich von Schack

**Ebenbürtig**
*Roman in Versen*

ISBN/EAN: 9783744608206

Hergestellt in Europa, USA, Kanada, Australien, Japan

Cover: Foto ©Andreas Hilbeck / pixelio.de

Weitere Bücher finden Sie auf **www.hansebooks.com**

# Ebenbürtig.

## Roman in Versen

von

### Adolf Friedrich von Schack.

———∘o❀o∘———

**Stuttgart.**

Verlag der J. G. Cotta'schen Buchhandlung.

**1876.**

# Erstes Buch.

---

Heil dir, durch die zum komischen Theater
Voll Faschinglust verwandelt wird die Welt!
Dir, Muse, dank' ich und dem Göttervater,
Der auf dem Erdenpfad dich mir gesellt,
Daß ich, wo Mancher sonst als Desperater
Die Waffen streckt, dahinschritt als ein Held
Und mich im engen Lebenshorizonte
Das Kleine, Niedrige nicht quälen konnte.

Du gabst mir, herrlichste der Himmelstöchter,
Für Hochmuth, der ein Nichts zum Etwas färbt,
Für Dünkel, den im Wechsel der Geschlechter
Der Ahn dem eitlen Enkelsohn vererbt,
Die beste Waffe; schallendes Gelächter
Und Spott, der seichter Thoren Rücken gerbt;
Du lehrtest mich Durchlauchten, Excellenzen
Als Opfer am Altar des Momus kränzen.

So lach' ich auch, wenn abgeschmackte Mode
Auf hohle Schädel Ruhmeskränze drückt,
Wenn in Moschee, in Kirche und Pagode
Unsinn die Stimme der Vernunft erstickt,
Wenn Philosophen-Narrheit mit Methode
Die Köpfe aller Lebenden verrückt;
Laß sie die Welt gehörig mir verdummen,
Denk' ich; zuletzt wird doch der Lärm verstummen.

Nach diesem Anruf gleich denn zum Lokale,
Auf welchem sich zuerst der Faden spinnt,
Der mir wie dem Erzählungspersonale
In der Begebenheiten Labyrinth
Als Führer dienen soll! In einem Thale,
An dem der Rhein nicht fern vorüberrinnt,
Uns finden wir; umsäumt von hohen Tannen,
Im Breisgau liegt's, dem Land der Allemannen.

Bei Schopfheim, das durch Hebels Katties, Elsen,
Friedli's berühmt ist, und sein Kirchweihfest,
Hängt uns zu Häupten dort an steilem Felsen
Schloß Wolkenstein gleich einem Adlernest;
In seiner Rinnen schmucken Schlangenhälsen,
Den Erkern, Zinnen manchen schönen Rest
Aus alter Zeit bewahrt es noch; die Stylart
Von Renaissance und Gothik eine Spielart.

Schon senkt sich Abenddämmrung auf die Thäler;
Matt glühen bei der Sonne Scheidegruß
Die Halden, die längs zweier paralleler
Bergreih'n sich zieh'n bis an der Alpen Fuß;
Du aber, Leser, folge dem Erzähler,
Der aufwärts zu der Burg dich führen muß!
Dort oben in den Sälen, in den Zimmern
Beginnen einzle Lichter schon zu schimmern.

Fürst Friedrich, den noch jüngst die Winterzeit
Auf seinen Gütern in der Mark, in Pommern,
Bei Prenzlau und bei Stolpe eingeschneit,
Bewohnt dieß Schloß, um drin zu übersommern.
Zum Ballfest heut, obgleich es weit und breit
Kaum einen Orthodoxern gibt und Frommern,
Lud er sich Gäste und höchst unascetisch
Soll der Champagner fließen am Soupertisch.

Denn zum Besuch schon ein'ge Zeit hindurch
Verweilt die reiche Herzogin Lenore
Mit der Prinzessin Tochter auf der Burg;
Und dieser Tochter, einem Meteore —
Denn reich begütert ist sie an der Murg
Und prangt in jugendlicher Schönheit Flore —
Will seinen ältsten Sohn der Fürst vermählen;
Gleichgültig sind dabei der Beiden Seelen.

Nächst ihres Wappenschilds dreifachen Lilien
Schätzt unser Fürst, wie fromm er immer sei,
Die opulente Mitgift an Cäcilien —
Dieß der Prinzessin Name.  Nebenbei
Bemerk' ich hier, daß unsre zwei Familien
Mediatisirt sind seit dem Jahre Drei,
Das Deutschland bei des Volkes Freudenthränen
Erlöst von ein'gen hundert Souverainen.

Nach jenem hocherfreulichen Processe,
In dem sie ihre Herrschermacht verhaucht,
Wie neuerdings der Welfe und der Hesse,
Kaum fernern Hofstaat hätten sie gebraucht;
Doch zugesichert war auf dem Congresse
Für ew'ge Zeiten ihnen die Durchlaucht,
Und somit ebenbürtig selbst dem Kaiser
Blieb jedes Glied der beiden Fürstenhäuser.

Nothwendig war drum Hof und Etikette
Für die Altessen; einen Hofmarschall
Mit Uniform und goldner Epaulette
Noch hielten sie nebst Junkern für den Stall,
Geheime Secretairs im Cabinette
Und Kämmerer mit devotem Redeschwall;
Zerrüttet aber wurden durch die Schranzen
Dem Fürsten Friedrich leider die Finanzen.

Heut eben im Gemach mit Sammt=Tapeten
So redet er zum Prinzen=Gouverneur:
„Wie oft schon hab' ich ihn gemahnt, gebeten!
Doch eh'r, als daß man der Vernunft Gehör
Verschafft bei Philosophen und Poeten,
Treibt man Kameele durch ein Nadelöhr.
Fürwahr, Graf Lorm, bereits zu den Verlornen
Zu zählen hab' ich meinen Erstgebornen.

„Die Bücher alle soll man ihm verbrennen,
Die ihm den Kopf verdrehen, Byrons, Hume's!
Für unser Haus, wo wir den Herrn bekennen,
Hofft' ich von ihm Vermehrung noch des Ruhms
Und ließ ihn Nikolas beim Taufen nennen,
Nach jenem Hort des Gottesgnadenthums,
Dem großen Volksbesieger Nikolaos;
Doch jetzt — mir ist, als bräch' herein das Chaos!"

„Durchlaucht, ich hoffe, würdigen den Eifer,
Mit dem ich ihn erzog, versetzt Graf Lorm.
Als ich herkam, hieß Jeder ihm ein steifer
Hofmann, der so excentrisch und abnorm
Wie er nicht war; doch nun, an Jahren reifer,
Mehr zeigt er sich den Sitten schon conform
Und bald wird unter der Prinzessin Händen
Sich das Erziehungswerk an ihm vollenden."

Der Fürst stampft mit dem Fuß: „Mit keinem Auge
Sah die Prinzeß er gestern an beim Thee;
Daß er zu irgend was auf Erden tauge,
Bezweifl' ich fast; schuf er mir Freude je,
Wie meines hohen Hauses Stolz, Aslauge?
(In Klammern hier bemerk' ich: nach Fouqué,
Der dazumal ein Liebling war der Damen,
Empfing des Fürsten Tochter diesen Namen).

„Sie würde, eh'r als Einem sich vermählen,
Der einen Tropfen nur Plebejerbluts
In seinen Adern hat, das Grab erwählen;
Um Otto, Karl und Max getrosten Muths
Auch kann ich sein und völlig auf sie zählen;
Tagtäglich ja — o meinem Herzen thut's
So wohl! — hersagen sie seit der Germanen
Urzeiten mir die Reihe meiner Ahnen.

„Doch Nikolas! Fast ist mir, als entwiche
Mit ihm mein Genius. Im Stand wär' er,
Ich sage nicht, sich eine Bürgerliche
Zu wählen — das verhüte Gott der Herr!
Besser ja wär's, daß er zuvor erbliche —
Doch schon enterben ihn formaliter
Würd' ich, wenn er mit einer Baronesse
Von niederm Adel Mesalliance schlösse!"

In seinem Eifer, man bemerkt's, verwirrte
Der gute Fürst sich in der Construction;
Dann fuhr er fort: „Ich muß, so ziemt's dem Wirthe,
In den Salon; die Lüstres brennen schon.
Doch draußen, wo er auf den Felsen irrte,
Noch eben sah ich meinen Unglückssohn;
Ich bitte, gehn Sie, Graf, ihn heimzuholen;
Sonst wird er krank vom Duft der Nachtviolen!"

Ein Zeichen sagt, daß die Audienz zu Ende;
Der Gouverneur verneigt sich tiefdevot,
Und nun zu Nikolas, mein Leser, wende
Dich theilnahmvoll. Der hatte bittre Noth,
Wenn Gottesdienst nach Pommerscher Agende
Im Schloß gehalten ward beim Morgenroth;
Das Frommsein glückt' ihm nicht trotz aller Mühe,
Im Freien weilt er drum schon seit der Frühe.

Da draußen erst, wie nie bei einem Chor
Von Palästrina oder Pergolese,
Erhebt sein Geist sich; Jeder dünkt ihn Thor,
Der Predigt hören mag und Exegese.
Zum Himmel blickt er andachtvoll empor,
Als ob er Offenbarung in ihm lese
Und schlürft, frei von der Menschen Wahn und Lügen,
Den Strom des Göttlichen in vollen Zügen.

Wenn blitzend hell der Thau auf ihn hernieder
Im Frühwind stäubt aus zitterndem Geäst,
Wenn neben ihm mit leuchtendem Gefieder
Der Edelfalk aufsteigt aus schwankem Nest,
Geblendet schließt er beide Augenlieder;
Ihm ist's, als schenk' ihm für sein Wiegenfest,
So reich, wie es nur je geträumt dem Knaben,
Die große Mutter ihre schönsten Gaben.

O Wonne, aus dem Zauberkelch zu zechen,
Den randgefüllt ihm die Natur kredenzt!
Wie anders doch, als auf den traur'gen Flächen
Der Heimat Alles um ihn blüht und lenzt!
Wie quillt und schäumt in tausend Sprudelbächen,
Die in die Tiefe, epheulaubumkränzt,
Hinunterstürzen, übervoll das Leben
Und sprüht von Neuem auf im Grün der Reben!

Erdbeeren in der schattendunkeln Schlucht
Und hoch auf Gipfeln, wo im Sonnenstrahle
Sie vollgereift, der Kirsche süße Frucht —
Glücklicher ist er viel bei solchem Mahle,
Als wenn im Schlosse Dünkel, Größensucht
Und Ahnenstolz sich spreizen und der schale
Wortschwall, wie an der Oder und der Havel,
Auch hier am Rhein sich fortspinnt über Tafel.

Dann wieder, in dem Schatten einer Fichte
Hinlehnend, sich vertieft er in ein Buch
Und blickt nicht aufwärts bis zum Abendlichte.
Das sind sie, die des Fürsten Urtheilspruch
So schwer verpönt, des Brittenlords Gedichte;
Doch, drohte selbst dem Sohn des Vaters Fluch,
Ja jede Strafe aus der Carolina,
Nicht ließ' er ab vom Giaur, vom Parisina.


Als Kind schon Buch auf Bücher ohne Sichtung
Hat er gelesen; ob auch streng sein Amt
Der Gouverneur geführt und zur Vernichtung
Die Schriften, die er bei ihm fand, verdammt,
Stets höher für Philosophie, für Dichtung
War unsres Prinzen Liebe aufgeflammt;
Zum Trotze dem Erzieher, den Verwandten,
Verschafft' er neue sich statt der verbrannten.


Und zwar Ausgaben nahm er in Sedez,
Daß er sie leichter vor Entdeckung hüte;
Er trug ein Bändchen in der Tasche stets,
Und oft geschickt, wenn er im Betsaal kniete,
Las er, statt im Gebetbuch, im Lukrez
Die Stelle von der Macht der Aphrodite
Und murmelte: Mutter der Aeneaden!
Indeß die Andern riefen: Herr der Gnaden!

Allein weitläuftig werd' ich hier, ich spüre;
Sonst außer Dichtern auch noch Philosophen
Nennt' ich, für deren eifrige Lectüre
Der Prinz im heißesten der Höllenofen
Einst brennen wird. Am besten ist's, ich führe
Die güt'gen Leser in den nächsten Strophen
Zum Platz, wo er heut Abend einsam sinnt,
Indeß im Schloß bereits das Fest beginnt.


Doch nein, er ist nicht einsam; eben jetzt
Am Wasserfalle unter dunkeln Eiben
Hat Maler Erich sich zu ihm gesetzt
Und spricht: „Nicht länger kann's verschwiegen bleiben,
Obgleich ich es verborgen bis zuletzt!
Fatal ist mir im Schloß das ganze Treiben
Und gern vor der Beschränktheit hier, dem Dünkel
Entflöh' ich bis zum fernsten Erdenwinkel.


„Dir dankt' ich's anfangs, daß zum Fresko-Malen
Dein Vater mir des Festsaals Räume bot;
Allein auf meinen Styl, den idealen,
Wagt der Herr Fürst zu schmähen als Zelot,
Ja, mäkelt mir an den Gesichts-Ovalen
Und sagt, blaß, abgemagert bis zum Tod
Müss' ich sie malen, so wie Cimabue;
Gott soll mich strafen, wenn ich's jemals thue.

„Zuerst nach des Ovid Metamorphosen
Hatt' ich ein Bild entworfen und schon Akt
Dazu gezeichnet; doch als Sittenlosen
Verschrie der Fürst mich; hätt' ich irgend Takt,
Meint er, so würd' ich den Apoll mit Hosen
Darstellen, statt so unmoralisch nackt.
Nun, der Herr Fürst versteht sich wohl auf Mystik,
Doch keine Ahnung hat er von Stylistik.


„So mal' ich denn, anstatt den Fernhintreffer,
Adam und Eva; aber wieder schilt
Fürst Friedrich d'rob; von einem Giotto = Aeffer
Bestell' er sich ein nazarenisch Bild!
Doch ich verwünsche dorthin, wo der Pfeffer
Gedeiht, den Styl, der ihm als trefflich gilt.
Nicht Künstler wär' ich, ließ ich in sothaner
Manier mich noch behandeln als Quintaner.


„Dann dieser Hochmut! Nichts ist indigester
Als wenn solch „hoher Adel" für die Crême
Der Welt sich ansieht. Zweifle nicht, mein Bester,
Dein Vater meint, er sei aus anderm Lehme,
Als wir, geknetet, und auch deine Schwester
Aslauga hat die Künstlerschaft in Behme
Und Acht gethan; glaubst du, sie gönne je
Ein Wort mir, seit ich male ihr Portrait?

„Und dennoch stolz empfind' ich mich als Jünger
Der heil'gen Kunst. Ist nicht von Gian Bellin,
Ist von Giorgione nicht der kleine Finger
Von höherm Werth, als ganze Dynastien
Hohlköpf'ger Fürsten? Zwar nur ein Geringer
Bin ich und nicht zur Meisterschaft gedieh'n,
Doch hoch empor ragt in so ribiculer
Gesellschaft des Cornelius letzter Schüler."

Prinz Nikolas bot ihm die Hand: „Mein Erich,
Ich habe dich vorher gewarnt, du weißt!
Allein was konnt' ich thun? Nun zwanzigjährig,
Für Alles, was mein Vater liebt und preis't,
Doch blieb ich, wie ein Kind, so ungelehrig,
Und Fremdling ist noch immerdar mein Geist
Im Haus der Meinen. Sehnst du dich von hinnen,
So steht nach gleichem Ziel mein ganzes Sinnen.

„Mein Tiefgeheimstes will ich dir vertrauen,
O Freund, den meine Seele liebgewann,
Da wir zuerst am See, dem dunkelblauen,
Als Knaben noch uns trafen in Lausanne.
Noch denk' ich gerne, wie ein süßes Thauen
Bei deinem Nah'n in meinem Geist begann,
Der sich, von Allen um ihn unverstanden,
Bisher umstarrt gefühlt von Eisesbanden.

„Was damals, als wir Beide Knaben waren,
Mir dämmernd vor der Seele schon geschwebt,
Nun klarer, immer klarer mit den Jahren
Ward das Gebilde, athmet, redet, lebt.
Doch wie, mein Erich, soll ich offenbaren,
Wovon mein Sein in allen Tiefen bebt?
Auch du, obgleich der Herzen wen'ge wärmer
Als deines schlagen, schiltst vielleicht mich Schwärmer.

„Ein Weib, so schön wie ich der Frauen keine
Auf Erden fand, erscheint mir oft im Traum;
Umwallt ist sie von duft'gem Silberscheine
Und all die Glanzesfülle fass' ich kaum,
Wenn grüßend sich zu mir die Einzig=Eine
Herabneigt von der Wolke lichtem Saum,
Auf der sie ruht; nach flüchtigen Sekunden
Vorüberschwebend ist sie dann verschwunden.

„Am Morgen oft, wenn ich vom Schlaf erwache,
Noch ihren Odem fühl' ich um mich wehen;
Zu Häupten mir dasteht sie im Gemache,
Ich will sie halten, doch umsonst mein Flehen;
Sanft rauscht es in der Linden Blätterdache,
Und über Blütenschnee der weißen Schlehen,
Ihr Schleier flatternd in den Morgenwinden,
Seh' ich sie in den Duft der Ferne schwinden.

„Ich eil' ihr nach auf steilem Bergespfade
Hin über Wiesen, morgenblich bethaut,
Und aus dem Wellenschlag am Rheingestade
Schallt mir ein Ruf von meiner Herzensbraut;
Im Windeshauch, im Rauschen der Cascade
Vernehm' ich ihrer Stimme süßen Laut,
Und lispelnd, wenn sich leis die Blätter regen,
Schickt ihre Grüße mir der Wald entgegen.

„Ich weiß, ein Gleichniß ist sie nur, ein Schatten
Der Einen, Einz'gen, die ich suchen muß,
Und wandern, wandern, ohne zu ermatten,
Bis ich das Urbild fand, wird dieser Fuß;
Nicht in die Erde soll man mich bestatten,
Bevor auf ihrem lang in heißem Kuß
Mein Mund geruht — sonst hätte mir vergebens
Gestrahlt die Sonne dieses Erdenlebens.

„Allein in unserm eisumstarrten Norden
Nicht weilt sie, die den Himmel mir erschließt;
Fort zu des Mittelmeeres schönen Borden,
Wo rein'res Licht vom Himmel niederfließt,
Zum Orient, wo mit heiligen Akkorden
Der Eos Sohn die hohe Mutter grüßt,
Will ich aufbrechen. In entfernten Zonen,
Ich weiß, muß meines Herzens Göttin wohnen!"

Der Prinz hält ein. Drauf Erich: „Freund, mit nichten
Befürchte so wie Andrer, meinen Spott!
Doch sänftigen mit dem Verstand, dem schlichten,
Gern möcht' ich deinem Pegasus den Trott,
Denn allzu sehr lebst du in Traumgesichten;
Am Platze war zur Zeit des Lanzelot
Ein Plan wie deiner; aber fast als mythisch
Erscheint er unserer, die allzu kritisch.

„Wohl fand vordem der Troubadour Rudel
Sein Herzenstraumbild, seine Melisende;
Doch wenn du nun zu Schiffe, zu Kameel
Die Welt durchzögst und sich das Weib nicht fände,
Von dem du träumst — nicht hab' ich dessen hehl,
Mein Nikolas, du nähmst ein schlimmes Ende!
Drum schenk Gehör mir! Wenn du reiflich sinnst,
Ablassen wirst du von dem Hirngespinnst.

„Mit Fresken werd' ich und Portrait in weitern
Drei Wochen fertig, und so ist mein Rath,
Daß dann, dich zu zerstreuen, zu erheitern,
Mit mir du eilst ins schöne Land der Waadt,
Zu dem die Engel Nachts auf Himmelsleitern
Herniedersteigen! — Wie ich's früher that,
Will ich von dir, dem vielgeübten Seemann,
Mich steuern lassen durch den blauen Leman.

„Hinweg dann Gêne und Ceremonie!
Am Alpenstock und in der schlichten Joppe
Nach Zermatt machen wir die Fußpartie
Und schwärmen mit Corinna bald in Coppet,
Mit Rousseau's Julia bald in Meillerie;
Dann wieder geht's im lustigen Galoppe
Am Strand durch Rebenhügel hin und Saatland —
Ein wahres Eldorado dieses Waadtland!

„Inzwischen aber cultivire Jeder
Von uns die Kunst, die er am liebsten pflegt,
Du deine Poesie! Papier und Feder
Schon hat die Muse dir bereit gelegt,
Daß bald im Band von elegantem Leder,
Der auf dem Rücken deinen Namen trägt,
Dein Dichtwerk prange in den Bücherschränken
Und Mütter es den holden Töchtern schenken!

„O! wenn von Lorbeern uns die Schläfe triefen,
Wie Platen das so angenehm empfand,
Was gibt es Süßres? Dein, ich will's verbriefen,
Harrt hoher Ruhm; leg nur ans Werk die Hand,
Mach einen Flugritt auf dem Hippogryphen
In der Romantik wunderbares Land,
Nein, besser noch nach Japan, China, Birma,
So reißt um dein Gedicht sich jede Firma!"

Als redend so die Zwei beisammen saßen,
Erscholl die Stimme Lorms, des Gouverneurs:
„Sie hier noch, Prinz? Ist's möglich? Sie vergaßen,
Daß Sie beim Fest heut Abend die Honneurs
Zu machen haben? Zürnen über Maßen
Wird Ihr durchlaucht'ger Vater; doch, ich schwör's,
Wenn aus der Art Sie so vollständig schlugen,
Nicht schuld bin ich; die Welt ging aus den Fugen.

„Versammelt längst im Schlosse sind die Gäste;
Nun schnell nur! kleiden Sie sich elegant,
Natürlich weiß das Halstuch und die Weste,
Und — nein, Sie haben noch kein Ordensband!
Auch Sie, Herr Maler, lad' ich zu dem Feste,
Denn der durchlaucht'ge Fürst weilt auf dem Land
Hier ohne Etikette mit den Seinen;
Sogar die Gouvernante darf erscheinen.

Drauf Erich: „Ganz behindert, mein verehrter
Herr Graf, bin ich!" Sodann mit leisem Spotte
Dem Prinzen raunt er zu: „Beklagenswerther!
In Nankingpantalons, beim ew'gen Gotte,
Erscheinen mußt du heute à la Werther!
Prinzeß Cäcilie wird dich, deine Lotte,
Zum Selbstmord treiben.  Nun, komm zu mir morgen!
Ich will dir gerne die Pistole borgen."

Er blieb. Zum Prinzen, der mit ihm direkt
Auf's Schloß ging, sprach der Graf: „Von liberaler
Gesinnung, fürcht' ich, sind Sie angesteckt,
Daß durch Intimität mit einem Maler,
Mit einem hergelaufenen Subjekt,
Sie sich erniedern. Seine tausend Thaler
Ihm zahle man für seine Pinseleien,
Doch dann mög' er dieß Schloß nicht mehr entweihen!

„Geschwind nun, werfen Sie sich in den Frack!"
Mißmuthig trat der Prinz ins Schloß. — Indessen,
Gekleidet nach dem neusten Ungeschmack,
Versammelt sind im Saal schon die Altessen,
Und auf des Bodens spiegelblankem Lack
Hinwandeln die Lakai'n mit Gallatressen; —
Doch hier, trotz des unwilligen Gemurrs
Der Leser, sei vergönnt mir ein Excurs.

Wenn ich, ihr Fürsten, Grafen und Barone,
Auf euern Adelssitzen zum Besuch
Geweilt und wohl am Thor die Wappenkrone
Gewahrte, aber nirgendwo ein Buch,
Des Schlosses dacht' ich dann am Strand der Rhone,
Das hingestürzt ward durch des Sängers Fluch
Und sah im Geist auch eurer Schlösser Hallen
Verödet, Stein auf Stein in Schutt zerfallen.

Die heut'ge Welt, ich sage das euch nüchtern,
Geht über euch und eure Junkerei
Zur Tagesordnung über; Pferdezüchtern
Und Sportsmen legt sie noch das Recht nicht bei,
Das Haupt so stolz zu heben, nein fragt schüchtern,
Wo denn eu'r Titel zu dem Anspruch sei,
Und weist euch auf den Adel alter Tage;
Hört ihr davon, es dünkt euch eine Sage.


Ihr redet viel vom schönen Mittelalter;
Nun denn! In Schwaben, Thüringen, am Rhein
Durch's Thor der Burgen, wo als Wappenhalter
Zwei Löwen stehen, tretet mit mir ein!
Da seht! kredenzt dem liebberühmten Walther
Die Edelfrau den Goldpokal mit Wein;
Da an erhöhtem Ehrenplatz des Saales
Singt Wolfram von der Massenie des Grales.


Soll ich der Zeit der Troubadours euch mahnen,
Der edeln, voll von Minne und Gesang,
Als um das Wappenschild erlauchter Ahnen
Der Ritter stolz den Kranz der Dichtung schlang
Und unter Schwertgeklirr und weh'nden Fahnen
Bernarts von Ventadour Tenzone klang? —
Und von Italiens Adel, sagt mir, wäre
Zu euerm Ohr erschollen nie die Mähre?

Wie stieg mit Sansovino's Prachtfaçaden,
Dem Marcusdom und Hallenbau davor
Auf Wink der Nobili an den Gestaden
Der Adria die Wunderstadt empor!
In ihren Sälen, unter den Arkaden
Und Logen der Paläste welchen Flor
Der Kunst, dem wir noch heut Bewundrung weihen,
Durch Palma, Tizian ließen sie gedeihen!


Der Götter Bilder, nach zweitausend Jahren
Noch so voll Reiz und himmlischer Magie,
Wie da in Staub gestürzt sie die Barbaren,
In ihre Marmorhallen führten sie —
Doch ganz vergessen hab' ich, wo wir waren;
Rückkehren von Italiens Nobili
Muß ich, von Troubadours und Götterbildern,
Um die Soiree auf Wolkenstein zu schildern.


Wohlan denn! in der Kürze, aphoristisch
Hier geb' ich die Beschreibung dieses Rout.
Fürst Friederich am eleganten Whisttisch
Spielt mit der Mutter der gehofften Braut,
Indem auf Gott ein Jeder pietistisch
Die Hoffnung des Partie=Gewinnens baut.
Auf Sofa's und auf Stühlen reih'n in Gruppen
Sich die Prinzessinnen und sonst'ge Puppen.

Noch andre Damen sitzen auf Causeusen
Im traulichen Gespräch mit jungen Fanten —
Stoff bietet morgen das zu scandalösen
Geklätschen für die Basen und die Tanten —
Doch wenden wir uns von den luxuriösen
Toiletten, von dem Glanz der Diamanten
Zum Kreis von Herrn, der an dem großen Lüstre
Versammelt steht! Lebhaft ist ihr Geflüster.


Vorstell' ich in dem Einen dir, mein Leser,
Den Herrn von Luchs, der bei der Herzogin
Als Kammerherr fungirt und Hausverweser.
Pausbackig, kugelrund, mit Hängekinn,
Fast sieht er aus wie ein Posaunenbläser.
Am Wort ist eben er und spricht: „Ich bin
Gewiß, Ihr Herrn, auf Erden gibt es rings
Kein zweites Beispiel solches Sonderlings.


„Wenn über die verdammten Kammerschreier
In Baden wir bei Tafel uns erbozen,
Die Welker, Itzstein — hole sie der Geier! —
So scheint er, der doch Nikolaus den Großen
Zum Pathen hat, geneigt, zu ihrer Feier
Mit andern Liberalen anzustoßen;
Ja jüngst — vor Schrecken aus der Linken fiel
Die Gabel mir — sagt' er, ich sei servil.

„Servil? Nun ja, muß man nicht vor den Kronen
In Devotion vergehn, den legitimen?
Stolz rühm' ich mich, daß ich, wie es Baronen
Ansteht, conservativ bin von Maximen.
Doch unser Prinz! Die nobeln Passionen,
Wie sie den Sprossen alten Adels ziemen,
Sind ganz ihm fremd; er liebt nicht Jagd noch Hunde,
Noch Pferdezucht, nicht einmal Wappenkunde.

„Jüngst auf den Anstand war er mitgegangen,
Allein, statt aufzupassen, ruhig las
Er fort in seinem Byron; Hirsche sprangen
Ihm nah vorüber durch das Kolbengras
Und spießten ihn beinah mit ihren Stangen;
Umsonst rings scholl's: Habt Acht, Prinz Nikolas!
Die Hirsche flohen beim Gebell der Doggen
Zum Wald hinaus und weiter durch den Roggen."

Noch perorirte so der Corpulente,
Da trat der Prinz ein, zwar im Frack, doch o!
Als ob er keine Anstandregel kennte,
Saß die Cravatte ihm nicht comme il faut,
Auch waren linkisch seine Complimente;
Nicht fern der Thüre stehen blieb er so,
Statt, wie erwartet ward, vor allen Dingen
Prinzeß Cäcilien Huldigung zu bringen.

Wie anders das Gefühl der Dignität
Bei Karl und Max und Otto sich, den jüngern
Sprößlingen unsres Fürsten doch verräth!
In Pferdeställen und in Hundezwingern
Zwar mehr, als auf der Universität,
Fand ihre Bildung statt, doch als Geringern
Anseh'n sie Jeden, welcher nicht hochadlig,
Drum rühmt der Fürst ihr Wesen als untadlig.


Aslauga auch, die Schwester, die mit ihnen
Die Runde macht in der Geladnen Kreis,
Zeigt deutlich in den Gesten, in den Mienen,
Wie sehr sie sich als Fürstentochter weiß,
Der Gräfinnen sogar als Folie dienen;
Hold lächelt sie, allein es ist, als sei's,
Wenn sie an Den sich und an Jenen wendet,
Ein hoher Akt der Gnade, den sie spendet.


Doch in der Ecke nah dem Vestibüle,
Wohin der Lichter Strahl nur dämmernd fällt,
Wer steht so einsam, ferne dem Gewühle
Der adelstolzen Herrn= und Damenwelt?
Weit von ihr abgerückt sind alle Stühle,
Weil Jeder sich für sie zu vornehm hält —
Emma heißt die Unselige, Verbannte,
Der jüngern Fürstentöchter Gouvernante.

Verlegen bittet unterdeß der alte
Fürst Friedrich die Prinzessin um die Gunst,
Daß sie am Piano ihr Genie entfalte:
„O — spricht er schwärm'risch — göttlich ist die Kunst;
Sie glättet selbst die schlimmste Sorgenfalte
Und hebt empor uns aus dem Erdendunst!
Vermehren drum Durchlaucht das Glück, den Frohsinn
In unserm Kreis! Ich weiß, Sie sind Virtuosin."

Die Holde scheint verlegen, fast erschrocken,
Als von Erwartung Aller Augen blitzen.
Zu Boden blickend schüttelt sie die Locken,
Doch dann, aufsteh'nd, vorüber an den Sitzen,
Auf denen mit Chignons und Shawls und Tocken
Die Damen prangen und mit Brüss'ler Spitzen,
Ans Piano schreitet sie, nicht länger prüde,
Und sagt halblaut: von Lißt ist die Etüde.

Sie spielt das Prachtstück einzig mit der Linken —
Das eben ist ja das Columbus-Ei
Der wahren Kunst — fast auf die Kniee sinken
Die Hörer, rings hallt ein Bewundrungsschrei;
Den Prinzen Nikolas jedoch will dünken,
Das Ganze sei nur Taschenspielerei;
Er sehnt zurück sich zu der Kunst der Väter,
Doch auf der Höhe unsrer Zeit nicht steht er.

Dann ein Bravourstück aus Robert le Diable
Trägt die Prinzessin vor; es ist pompöse,
Schon die Introduction eine Töne=Babel,
Ein wahrer Höllenbrueghel von Getöse;
Dann das Allegro! wirklich formidabel,
Wie das Geknatter einer Mitrailleuse;
Dem Stärksten selbst durchbebt es jede Nerve;
Im Vortrag welche Meisterschaft und Verve!


Als von den Trillern, Läufen und Cadenzen
Und dem Gehämmer endlich ruh'n die Tasten,
(Ein Wunder, daß durch diese Ingredienzen
Moderner Kunst nicht alle Piano=Kasten
In Trümmer gehn!) hallt Beifall ohne Grenzen.
Der Prinz nur ist nicht bei den Enthusiasten
Und zu ihm tritt Graf Lorm: „Welch ein Benehmen!
Ich, Ihr Erzieher, muß mich Ihrer schämen.


„Schnell! gehen Sie zu der Prinzessin hin,
Statt hier zu stehn, wie Götzen der Pagode!
Sie müssen sagen: Gnädigste, ich bin
Entzückt. Das nenn' ich Vortrag! das Methode!"
So trat der Prinz denn zu der Spielerin
Und sprach zu ihr: „Sie sind gewiß marode!
Müd machen diese Phantasien, Capricen,
Wie Seiltanzkünste oder Kobold=Schießen.

„Bestrafen sollte man als Menschenquäler
Die Componisten, wenn man's recht ermißt;
Doch Ihr Verdienst, Prinzeß, ist drum nicht schmäler,
Und sagen muß ich, wie es Wahrheit ist:
Concerten hab' ich beigewohnt von Döhler,
Von Thalberg, Prüdent, Rubinstein und Lißt;
Sie Alle waren tüchtig echauffirt,
Doch, so wie Sie, hat Keiner transpirirt!"

Die Holde kehrt entrüstet ihm den Rücken,
Von dunklem Roth das Antlitz überhaucht,
Doch unter Händeküssen, Händebrücken
Gibt ihr des Schloßherrn fürstliche Durchlaucht
So freudig kund sein innerstes Entzücken,
Daß ihres Unmuths erste Glut verraucht;
Da öffnen sich zum Speisesaal die Thüren
Und jeder Herr muß eine Dame führen.

Der Fürst, als ging' er selbst noch auf die Freite,
Reicht der Frau Herzogin den Arm, doch sacht
Zuvor dem Sohne raunt er zu: „Geleite
Prinzeß Cäcilie! Träumer, hab' doch Acht!"
So schreitet der denn an der Schönen Seite,
Die gute Miene zu dem Spiele macht,
Und an die Tafel setzen bei einander
Die Zwei sich unter blüh'nden Oleander.

Denn duft'ge Stauden schmücken, Treibhauspflanzen
Den Saal bis an die Decke; auf Consolen
Dazwischen stehen Statuen in Distanzen,
Und hundert Kerzen sprühen Girandolen
Von Licht und Glanz. Reich quillt von Pomeranzen
Und Ananas der Duft aus Silber=Bowlen;
Auf Tellern prangen Indiens Vogelnester,
Und hinterm Laubgrün jubelt das Orchester.

Und sieh! Champagner sprudelt, gleich Cascaden,
Wenn vom Gewitterguß geschwellt im Mai;
Nein, noch ein kühn'res Bild kann hier nicht schaden
Mit Hafis sag' ich drum, gekeltert sei
Er aus der Himmelstraube der Plejaden.
Habt Dank, Franzosen, wir gestehn es frei:
Für euch ist unsre Achtung unbegrenzt,
Wenn ihr uns euern Götterwein krebenzt.

Hört meinen Rath! Entsagt dem falschen Ruhme!
Erkennt den wahren, eigensten Beruf,
Und nennen will ich euch der Völker Blume,
Die edelste Nation, die Gott erschuf!
Statt daß ihr „macht“ in eitlem Heldenthume,
Kommt als Garçons zum Table=d'Hôte=Behuf
In unsre Residenzen, unsre Bäder,
Und euern weißen Schürzen huldigt Jeder.

Achtbarer viel ist eu'r Mabille=Garten,
Als eure Arsenale; laßt den Spleen!
Wir schätzen eure Wein= und Speisekarten,
Doch spotten eurer Heeres=Batterien!
Wo sind nun die geträumten Siegsstandarten?
Wo blieb, sagt an, eu'r Einzug in Berlin?
Ei! Eure Gloire ist dießmal hübsch verpufft.
Noch labt sich ganz Europa an dem Duft.


In hundert Schlachten, wie kein Alexander
Sie je geschlagen hat, kein Hannibal,
Zerschmettert nun, ein wirres Durcheinander,
Liegt euer Frankreich da; allein sein Fall,
Nicht wie der Sturz der Veste am Skamander
Wird er der Dichterklage Widerhall,
Nein für der Menschen kommende Geschlechter
Verachtung wecken, Spott und Hohngelächter.


So kam's; das Gift, das ihr für uns gebraut,
Selbst müßt ihr's nun — so ist es Recht — verschlucken!
Zuerst sog aus dem Trank von Schierlingskraut
Tod eu'r Thrann mit seinen Mameluden.
Dann ließ die Freiheit, eure süße Braut,
Noch einmal euch im wilden Krampfe zucken
Und sang, indeß die Tuilerien lohten,
Ihr Grablied über Sterbenden und Todten.

Ein Trost indessen mag den Muth euch fristen!
Wenn als Nation ihr sterbt, euch Alle, Alle
Empfangen wir als Hoteliers, Modisten,
Köche, Coiffeurs in prächt'ger Ruhmeshalle;
Ja, Freiheitsmänner wie Bonapartisten,
Seid frohen Muths! unsterblich nach dem Falle
All eurer Monarchien und Republiken.
Lebt ihr in Cafe's fort und in Boutiquen!


Doch wohin hat der Moët, der La Rose,
Der in den Gläsern glänzt, mich fortgerissen?
Der Leser wünscht, des künft'gen Brautpaars Loos,
Und wie's bei Tisch sich unterhält, zu wissen.
Wohlan denn! Die Prinzessin war furios
Und keiner schmeckte ihr der Leckerbissen;
Allein sie nahm, wenn auch in ärgerlicher
Stimmung das Wort: „Ein Kunstfreund sind Sie sicher.


„Das bringt mich auf Jerusalems Zerstörung.
In allen Zeitungen les' ich gedruckt,
Sie sei so schön wie Raphaels Verklärung;
Sie sah'n doch Kaulbachs herrliches Produkt?"
Der Prinz fährt auf: „O ja! und mit Empörung;
Nicht der bin ich, der so etwas verschluckt.
Gemalt wohl sind, daß sie als Aushängschilder
Bei Meßspektakeln dienen, solche Bilder.

„Hätten doch mit der Stadt des Titus Truppen
Gleich das Gemälde auch verbrannt! Wie roh
Zeichnung und Farben! Die Figuren Puppen
Von schlechter Pappe, ausgestopft mit Stroh
Und hingeschneit bald hier bald dort in Gruppen;
Das ganze Bild ein Opern=Schlußtableau
Mit Paukenwirbel und Bengal'schen Flammen;
Mein Urtheil faß' ich schließlich so zusammen."


Kaum ihren Zorn kann die Prinzeß bezwingen.
„Die Geisterschlacht bewundern Sie mir doch?"
Darauf Prinz Nikolas: „Vor allen Dingen
Sprech' ich es aus: sie ist ein großes Loch;
Am besten ist's, durch den Carton zu springen —
So sprang Cornelius oder Joseph Koch,
Ich weiß nicht wer, einst durch ein Bild von Platner,
Doch das von Kaulbach ist noch viel mißrathner."


Erst Pause. Darauf sie: „Von X. doch lasen
Sie den Roman, der solch Talent verräth?"
Und Nikolas: „Bei Gott! man möchte rasen,
Ein Publikum zu sehn, das so verdreht;
Sind alle Deutschen jetzt denn alte Basen?
Das Volk, das Platens lautres Gold verschmäht —
Ich rede nicht von Goethe, Schiller, Lessing,
Das ward trivial — begnügt sich jetzt mit Messing?

„Hätt' ich die Macht nur, ein'ge Schock Romane
Verbrenen lassen würd' ich jedes Jahr,
Einsperren butzendfach die Charlatane,
Die sie verfassen; wieder würde klar
Die Luft dann und der Dichtung heil'ge Fahne
Wehte von Neuem, wo vor dem Altar
Der Mode jetzt man tanzt um's goldne Kalb;
Doch Sie sind andrer Meinung — meinethalb!"


Neu schweigen unsre Zwei; doch in Raketen
Hin sprüht der Andern Rede durch den Saal;
Da schmettern im Orchester die Trompeten,
Der Fürst gibt, sich erhebend, das Signal
Und alle Herrn mit ihren Damen treten
Den Rückweg an.  Dann in dem großen Saal
Läßt die Prinzessin ihres Führers Arm
Und er verliert sich in der Gäste Schwarm.


Da steht er, neu in Träumerei versunken,
Indem er bald der glücklichen Lausanner
Schulzeit, bald an sein Herzens=Traumbild denkt,
Und wird gewahr nicht, wie bereits ihr Banner
Terpsichore, zum Tanze mahnend, schwenkt,
Und wie zur Walzer=Melodie von Lanner
Ein jeder Tänzer auf beschwingten Sohlen
Hineilt, um die Gefährtin sich zu holen.

Indeß noch auf den Prinzen Alle harrten,
Trat erst Graf Lorm und dann der Hofmarschall
Zu ihm: „Schnell doch! Sie lassen Alle warten!
Mit der Prinzeß eröffnen Sie den Ball!"
Da aus den Träumen fuhr er auf; wild starrten
Die Augen ihm; nach kurzem Intervall
Sah man, wie er zu einer Dame rannte;
Unglaublich! Emma war's, die Gouvernante.

Ein Augenblick, und schon mit ihr im Tanz
Hinfliegt er durch den Saal; die Gäste raunen:
„Ist's möglich? Hier hört auf die Toleranz!"
Und größer, immer größer wird das Staunen.
Entsetzen übermannt den Fürsten ganz,
Als hört' er schon des jüngsten Tags Posaunen;
In Ohnmacht, während Weheruf im Chore
Um sie erschallt, liegt Herzogin Lenore.

Voll Zornglut — unglückseligster der Bälle! —
Ist die Prinzeß zum Saal hinausgerannt;
Und jammernd ringen Kämmrer, Hofmarschälle
Die Hände: „Unerhört! den hohen Stand
So zu entweih'n! Mit einer Demoiselle
Zu tanzen und vor Allen eclatant
Den Bruch zu machen, während fast geschlossen
Der Bund schon war der beiden Fürstensprossen."

Baron von Luchs in Trübsal ohne Grenzen
Wischt von der Stirne sich die Tropfen ab
Und haranguirt die andern Excellenzen:
„Bei Gott! fort werf' ich meinen Marschallstab,
Da das geschehn!" Dann wieder mit Essenzen
Netzt er der Herzogin, die nah dem Grab,
Die Schläfe und ruft aus: „Unsel'ge Hoheit!
Aus ist's für sie mit Glück und Lebensfroheit!"


Da auseinander längst der Tanz gestoben
Und Lanners Walzermelodien verstummt,
Schon holen Viele aus den Garderoben
Die Mäntel sich und schleichen fort vermummt;
Der Prinz jedoch eilt in sein Zimmer oben;
Der Frevel wegen, die er aufgesummt,
Um mit dem größesten sie jetzt zu krönen,
O! kann er seinen Vater je versöhnen?


Zur Herzogin im Tanzsaal unterdessen,
Die wiederum die Augen aufgeschlagen,
Flüstert der Fürst: „Mein Leid ist unermessen,
Und unerhört war meines Sohns Betragen;
Doch daß er künftig ähnlichen Excessen
Fern bleibt, das zu verbürgen darf ich wagen;
Verzeihn denn Hoheit dießmal seiner Jugend!
Ist Großmuth doch erhabner Seelen Tugend!"

Der Herzogin trüb vor den Augen flirrte
Noch Alles; doch, als sie sich dann ermannte,
Kein Wort mehr gönnte sie dem hohen Wirthe;
Ihr Auge einzig sprach durch fulminante
Zornblitze aus: wer sich so weit verirrte,
Daß er zum Tanz mit einer Gouvernante
Vor meinen hohen Augen sich erfrechte,
Hat nicht mehr Fürstenrang noch Fürstenrechte.

Noch einmal will Fürst Friedrich sie begütigen;
„Nur dießmal, Gnädigste, verzeihen Sie
Huldvoll den Streich des jungen Uebermüthigen!
Hinwerfen soll er sich vor Sie aufs Knie!"
Allein die Tiefempörte spricht mit wütigen
Accenten: „Den Affront vergeb' ich nie!
Noch heut zu reisen hab' ich mich entschlossen;
Sie, Herr von Luchs, bestellen die Karossen!"

# Zweites Buch.

---

Vorwärts, mein Pegasus! Nun an der Krippe
Im Stalle hast du Rast genug gehabt,
Indessen, vom Gesange ruh'nd, die Lippe
Ich an Castalia's klarem Quell gelabt.
Vielleicht durch Wildniß, über Steingeklippe,
Auf Pfaden, wo du nie zuvor getrabt,
Mein Musenroß, mich mußt du nächstens tragen,
Drum ließ ich deine Hufe wohl beschlagen.

Natürlich ist dieß nichts als eine Phrase.
Seitdem man hinrollt auf Velocipeden,
Zum Himmel aufsteigt mittels leichter Gase
Und Eisenbahnen nach dem Garten Eden
Anlegt, wie nach der Jupiter-Oase,
Entbehrlich wird das Musenroß für Jeden;
Zufrieden sei's, wenn für der Tage Rest
Man ihm sein Futter nur im Stalle läßt!

Ich weiß, niemals gewinnt ein Buch Verbreitung,
Nie Honorar kann ein Verleger zahlen,
Das zu des Holzes, des Logis Bestreitung
Dem Autor ausreicht, wenn er den banalen
Heerweg nicht geht. Das Feuilleton der Zeitung
Erst muß die Kunst des Flachen und Trivialen
Ihn lehren und in ausgetretnen Gleisen
Den Weg zur Gunst des Publikums ihm weisen.

Drum bitt' ich, Leser, seht ihr je pindarisch
Das Auge mir in schönem Wahnsinn rollen,
So fordert zur Vernunft mich auf summarisch!
Ich denke, nicht mein Unglück könnt ihr wollen,
Und ruinirt ja wär' ich literarisch,
Wenn mir als Krebs in Ballen, hochgeschwollen,
Zur Strafe meines Umgangs mit Apollo
Dieß Buch heimkäme, Collo neben Collo.

Hier unter blüh'ndem Flieder und Liguster,
Streng von den Musen und von ihm getrennt,
Im Garten laßt mich lieber nach dem Muster
Der großen Mühlbach bilden mein Talent,
Und gebt mir für die Zukunft, wie bewußter
Autorin, aufs Romanfach ein Patent;
Ach! jüngst — wen wird die Kunde nicht erschüttern? —
Versammelt wurde sie zu ihren Müttern!

Nur Ein Verdienst mir möcht' ich vindiciren,
Das meinem Vorbild fehlt; gewissenhaft
Aus Akten und Familienpapieren
Hab' ich mein Material herbeigeschafft
Und keine Müh'n gescheut im Dechiffriren.
Drum, weich' ich Jener auch an Schöpferkraft,
So werd' ich ihr doch von Genealogen
Vielleicht und Adelsforschern vorgezogen.


Zunächst nach diplomatischen Depeschen
Allhier denn biet' ich meines Forschens Frucht:
In Herzogin Lenorens Starrsinn Breschen
Zu schießen, hat der Fürst umsonst versucht;
Zur Nachtzeit noch in Kutschen und Kaleschen
Nahm sie mit ihrem ganzen Hof die Flucht,
Und Morgens so im schlimmsten der Humore
Hinwandelt er durch Säl' und Corridore.


Trepp' auf und nieder stürzt das Schloßgesinde,
Weil er den Prinzen Nikolas begehrt;
Schon mit der Antwort, daß man ihn nicht finde,
Sind zwei der Abgesandten heimgekehrt —
Doch da er stets fortstürmt beim Morgenwinde,
Und da es manchmal Tage lang gewährt,
Daß einsam er geschweift auf öden Wegen,
Wie kann sein Fernsein Staunen heut erregen?

Den Gouverneur, der kaum sich fassen konnte,
Läßt sich Fürst Friedrich rufen: „Mein Ruin
Ist das! die Hoffnungen, drin ich mich sonnte,
Sind hin·sammt allen schönen Phantasien,
Die mich umschwebt. Hat doch mit dem Affronte
Mein Sohn verscherzt die beste der Partien!
Wohl! weil durch ihn gescheitert diese Werbung,
Treff' als gerechter Lohn ihn die Enterbung.


„An Karl nun falle und die andern Jüngern
Sein Erbtheil! Zwar sie sind von mindern Gaben,
Doch eh'r, als daß von Töchtern aus geringern
Familien, die nicht hundert Ahnen haben,
Sie je den Trauring trügen an den Fingern,
Ließen, ich weiß, sie lebend sich begraben;
Nur dieser Nikolas! schon in der zarten
Kindheit begann er also zu entarten.


„Als wär' er Mitglied einer Räuberbande,
Hin durch's Gebirge schweift er. Welche Schmach!
Ja, einer Liebschaft unter seinem Stande,
So ahnt mir, insgeheim dort geht er nach;
Doch wahrlich! eh' ich dulde solche Schande — — —“
Des Fürsten Stimme, wie er also sprach,
Versagte; aus den Augen eine Thräne
Sich wischend, sank er in die Armstuhl=Lehne.

„Mein Gnädigster, nahm Lorm das Wort, ich bitte
Zu glauben, daß sich hier noch helfen läßt.
Streng sei der Prinz bewacht auf jedem Schritte,
Ja Monatlang erhalt' er Hausarrest,
So wieder fügen wird er sich der Sitte;
Von seinen Flegeljahren noch ein Rest
Blieb ihm bis jetzt; doch seiner hohen Ahnen,
Wenn er zu Jahren kommt, wird er sich mahnen.


„Ich hoffe, wenn auch noch die Wunde eitert,
Die dieser Vorfall Ihnen hinterließ,
Bald in das Leben werden Sie erheitert
Hinausschau'n, ja wie in ein Paradies.
Wohl mit dem ältern ist Ihr Plan gescheitert,
Doch Höh'res kann, ein wahres goldnes Vließ,
Ihr zweiter Sohn, Prinz Karl, für sich erringen
Und sich zu kaiserlicher Höhe schwingen.


„Zeigt Nikolas sich unwerth seines Pathen,
So schwärmt Ihr Karl als für sein Herz=Idol
Für Rußlands Stolz, den mächt'gen Autokraten;
Das weis't für seine Brautfahrt ihm den Pol.
Wahr ist es, unter allen Potentaten
Frei steht die Wahl dem Kaiser; dennoch wohl
Mit einem Eidam, der durch die Gepiden
Von Odin abstammt, gibt er sich zufrieden.

„Warum denn, daß die Werbung nicht gelänge?
An Töchtern hat der Kaiserstamm nicht Mangel;
So beſſern Sie den einen Sohn durch Strenge,
Ich werfe für den andern aus die Angel.
Vom ſchwarzen Meer zur Beringſtraßen-Enge
Iſt mir, von Aſtrachan bis nach Archangel
Rußland bekannt; mich laſſen Sie den zweiten
Der Prinzen bei der Brautfahrt drum begleiten!

„Im Kaiſerſchloß iſt meine Nichte Zofe
(Dort müſſen ſelbſt die Zofen ablig ſein)
Und, da ſie großen Einfluß hat bei Hofe
Muß ſie uns ihren mächt'gen Beiſtand leih'n.
Sie leitet vor der Werbungs-Apoſtrophe
Aufs Beſte für den Prinzen Alles ein
Und ſo im Geiſte ſchon nach wenig Wochen
Mit der Czarewna ſeh' ich ihn verſprochen.

„Dieß denn, mein Gnäd'ger, wäre mein Programm.“
Er ſchwieg; wie Nachts ſich zwiſchen Felſenſchroffen
In Bayerns Hochgebirg die Wimbachklamm
Plötzlich erhellt, weil wetterblitzgetroffen
Am ſteilen Hang aufflammt ein Fichtenſtamm
(Mit dieſem Gleichniß, ich geſteh' es offen,
Straffällig mach' ich wieder mich als Dichter)
Ward's in des Fürſten Bruſt von Neuem lichter.

Nachdem er achtsam dem Projekt gelauscht,
Ist er bei der Idee der kaiserlichen
Verwandtschaft ganz von Hochgefühl berauscht
Und stolz wie — (nein, dieß Bild sei ausgestrichen
Und für ein familiäreres vertauscht!)
Ich sage: stolz gleich jungen Fähnderichen,
Die hoffen, avancirt zum Lieutnants = Grade,
Sich bald zu zeigen auf der Wachtparade.


„Ja, Graf," spricht er, „Sie sind ein Rettungsbringer!
Mein Haus, das wegen seines Alters schon
Beneidet ward zur Zeit der Merowinger,
Soll sich verschwägern mit dem Kaiserthron.
Indeß ich hier mit Strenge, wie im Zwinger,
Bewache den verlornen ältsten Sohn,
Geleiten Sie zu meines Hauses Glanz und Wohlfahrt
Den Jüngeren auf seiner Braut = und Polfahrt!"


Den zweiten Sohn befiehlt der Fürst zu holen
Und spricht zu ihm: „Mein Karl, schon fühl' ich minder
Den Seelenschmerz. Sei Gottes Hut befohlen,
Daß er den Czaren dir, den Ueberwinder
Der Rebellion und der verruchten Polen
Gewogen macht! Ja, liebstes meiner Kinder,
Wirb in dem Land der Newa und der Wolga
Um eine Katharina oder Olga!"

Der Prinz drauf freudig: „O zu tausendmalen
Das Eine, Höchste hab' ich ja erfleht,
Daß ich mich sonnen dürfte in den Strahlen
Von Rußlands Kaiserkrone! Der Magnet
Ist sie für alle Edeln und Loyalen,
Die Schirmerin der Legitimität
Und in Revolutionen und Revolten
Der Hort, an den sich Alle klammern sollten.

„O Vater, kaum war ich entwöhnt der Amme,
So hast du ja für absolutes Recht
In meiner Brust geschürt die heil'ge Flamme,
Das aber herrscht allein in Rußland ächt;
Drum daß mit Ruriks altem Kaiserstamme
Durch mich verbunden werde dein Geschlecht,
Das ist die höchste meiner Ambitionen;
Mag Glück mein feur'ges Streben denn belohnen!"

Dem Fürsten war, als ob in neuem Flor
Schon seines Stammbaums welke Reiser sproßten
(So glaubt ein Wandrer, der ein Meteor
Erblickt, die Sonne hebe sich im Osten);
Und mit dem Grafen bald fuhr durch das Thor
Prinz Karl von dannen; noch mit Extraposten
Kutschirte man in jenen vierz'ger Jahren,
Im Dampf=Courierzug wär' er heut gefahren.

Wie schön das Reisen damals, als der Wagen
Vorbei an burggekrönten Felsengipfeln,
Durch Felder, die im Sonnenglanze lagen,
Uns trug! Im Dorfe unter breiten Wipfeln,
Wo wir dem Blitz gleich jetzt vorüberjagen,
Wie traulich lud uns zu Kaffee und Kipfeln
Das Wirthshaus ein! War schlecht auch die Cichorie,
Jetzt strahlt uns Alles wie in einer Glorie.

Und dann die Nachtfahrt über Felsenplatte
Und Waldgebirg und durch der Thäler Tiefen,
Wenn auf dem Hügel, auf der grünen Matte
Im Dämmerlicht die Mondesstrahlen schliefen,
Indeß das Posthorn hin von Blatt zu Blatte
Der Buchen scholl, als ob sich Geister riefen
Und aus den Schluchten, aus den Bergesspalten
Im Windeswehn zurück die Töne hallten.

Wohl mochte jüngst noch Fernan Caballero,
Die an der Ostsee unter Lindenbäumen
Die Kinderzeit verlebt, allein nunmehro
Versetzt ist zu Hispaniens Ufersäumen,
Sie mochte jüngst beim Schalle des Bolero
Noch von den deutschen Posthornklängen träumen;
Doch jetzt nur Lärm des Dampfs hört man am Bätis,
So wie am Rhein, ja selbst im Schooß der Thetis.

So reiſen Jene zu den Newa=Borden;
Mag dort Prinz Karl ſich eine hohe Braut
Erobern und Graf Lorm den Annen=Orden!
Ob unſern Häuptern aber, hoff' ich, blaut
Des Südens Himmel bald, und in den Norden,
Wo ſie an Föhrenwäldern, Heidekraut
Sich laben können und am Sturmgeheule
Allein befördern mögen ſie die Gäule!

Der Fürſt, den Gouverneur auf ſeiner Reiſe
Mit heißem Wunſch begleitend, glaubt noch lang,
Den Wald durchſtreife nach gewohnter Weiſe
Sein älteſter Sohn; doch endlich wird ihm bang
Und Boten ſendet er nach ihm im Kreiſe;
Doch fruchtlos kehren Alle heim vom Gang
Wißt! Nikolas iſt, folgend ſeinem Sterne
Geheim entfloh'n, und weit ſchon in der Ferne.

Nicht in der Seinen Mitte litt's ihn länger;
War's doch, als könn' er nur durch Unterſchleif
Sein beſſ'res Selbſt hier retten! Täglich enger
Schien ihm dieß Leben, unerträglich ſteif;
Von Erich auch, den ſeinen Doppelgänger
Er oft genannt, dem Maler, war wie Reif
So kalt der Spott ihm auf das Herz geſunken.
„Nein! von Empfindung hat er keinen Funken!

„Fahr' er denn hin! Zu meinen Freunden zähle
Ich den nicht, der mich nicht begreift noch faßt.
Was ich gleich einem strahlenden Juwele,
Vor dem die ganze Welt umher erblaßt,
Verbarg im Tiefgeheimsten meiner Seele,
Was in mein Herz, ein hoher Himmelsgast,
Herniederstieg, das Schönste alles Schönen,
Vermaß sich dieser Spötter zu verhöhnen.

„Mein Feind ist, wer mich hemmt in den Entschlüssen,
Zu denen hastig die Minute drängt.
Fern, fern im Süden, wo mit Flammenküssen
Der Himmel seine Erdenbraut umfängt,
Wo die Gewohnheit nicht, nicht traur'ges Müssen
Die heilige Natur in Fesseln zwängt,
Wo frei das Herz sich hin dem Herzen giebt,
Dort lebt das Weib, das meine Seele liebt.“

Noch in der Festnacht mit der Reisejacke
Vertauscht' er eilends dann das Ball-Costüm,
Barg, was ihm noth, in einem Mantelsacke
Und rief dem Diener zu mit Ungestüm,
Daß auch für sich er schnell das Nöth'ge packe;
Vertrauen, wie sich selber, konnt' er ihm,
Der schon im Norden auf dem Schloß der Väter
Als Kind ihn treu gepflegt, dem guten Peter.

Erst stand der Alte wie gelähmt vom Schrecke;
Ein Stück in seine Rechte, in die Linke
Das andre nehmend, dann mit dem Gepäcke
Schritt er voran nach des Gebieters Winke
Und öffnete zuletzt, nach jeder Ecke
Voll von Besorgniß späh'nd, des Schloßthors Klinke.
So floh'n die Zwei, die nächt'ge Zeit zu Nutze
Sich machend, vorwärts in des Dunkels Schutze.

Im nahen Dorfe bei den Eisenhämmern
Fand sich ein Gaul und Karren für die Zwei,
Und vorwärts ging es durch das Morgendämmern,
An Wiesen, blumenübersät vom Mai,
An Hürdenständen, draus von jungen Lämmern
Das Blöcken scholl, in hurt'ger Fahrt vorbei;
Dann wurden, als sie die Station erreichten,
Zwei Rosse vorgespannt dem Cab, dem leichten.

Der Postillon bläs't lustig mit dem Horne,
Ein reiches Trinkgeld ihm verheißt der Prinz,
Damit er mehr noch seinen Eifer sporne.
Die Gäule stürzen — gute Renner sind's —
Im sausenden Galoppe sich nach vorne,
Und bald — denn Deutschlands äußerste Provinz
Ist Alemannien — an den Schweizer Gränzen
Sieht Nikolas der Alpen Schneehaupt glänzen.

Schon weichen die Kastanien den Maronen,
Genzianen schmücken blau den Bergesrand,
Und weiter von Cantonen zu Cantonen
Geht's ohne Rast beim glüh'nden Sonnenbrand;
Bald, denkt der Prinz, im Lande der Citronen
Nun werd' er sein, und kaum ist umgespannt,
So ruft er ungeduldig: „Vorwärts, Schwager!"
Sogar zur Nachtzeit gönnt er sich kein Lager.


Der alte Peter auf dem Kutschenbock
Denkt für sich hin: „Ich folge wie ein Pudel
Dem lieben Herren über Stein und Stock;
Doch wenn schon manchesmal ein wirrer Strudel,
Als er noch Fallhut trug und Kinderrock,
In seinem Kopf getobt, hat das Gesudel
Der Dichter, die er liest bei Tag und Nacht,
Ihn vollends nun um den Verstand gebracht."


Dann spricht er laut: „Oft reist' ich als Staffette,
Seit ich zum Fürsten kam als Leib=Heiduck,
Doch solches kaum erleb' ich! Nie zu Bette
Und diese ew'gen Stöße, Ruck auf Ruck!
Abmagern werden Sie noch zum Skelette,
Wenn nicht ein Imbiß Sie, ein tücht'ger Schluck,
Bisweilen stärkt! Dort, Prinz, im goldnen Bären —
Sehn Sie das Schild nicht? — rath' ich einzukehren.

„Gebraten wird für Sie dann ein Kalkutter
(Auch Truthahn, Wälscher oder Indian);
Mehr als die Martinsgans des Doctor Luther
Ist das Gericht werth, ja als ein Fasan.
Stets zum Geburtstag Ihrer gnäd'gen Mutter —
Gott hab' sie selig — kam ein solcher Hahn
Auf ihre Tafel.“ — „Wirst du schweigen schließlich,
Verwünschter Schwätzer?“ ruft der Prinz verdrießlich.

Schon liegt der See vor ihm, in dessen Welle,
Die heil'gen Stätten all der Tell=Legende
Sich spiegeln, Rütli, Küßnacht und Kapelle —
Gelesen hat man früher zwanzig Bände
Von jenem Helden und von jeder Stelle,
Wo er gelebt, gewirkt; doch nun am Ende
Noch zwanzig andre, dickre muß man lesen,
Damit man weiß, er sei nie dagewesen.

Wahr ist's, es gibt verschiedne Geßler=Hüte
Und Schweden auch hat seinen Apfelschuß,
Doch, wenn wir die Geschichte so zur Mythe
Verwandelt sehen, glauben wir zum Schluß
Beinahe selbst auf mythischem Gebiete
Zu stehn und mustern uns von Kopf zu Fuß,
Ob wir nicht Fabeln sind; nach hundert Jahren
Beweis't man sicher, daß wir niemals waren.

Eins aber stell' ich fest und außer Frage:
Mein Held ist da und lebt, Prinz Nikolas;
Selbst, daß ich jeden Zweifel niederschlage,
Bewahr' ich seinen Taufschein, seinen Paß;
Und, findet sich in der Wilkina=Sage,
In einem Manuscript des Ulfilas,
Daß schon bei Skandinaven oder Gothen
Ein gleicher war — was kümmern mich die Todten?


Wohl! sehn wir, wie der Prinz auf dem Luzerner
Tiefblauen See nach Süden weiter reis't!
Trüb sitzt er da; für Arnold Melchthals, Werner
Stauffachers Heimat achtlos bleibt sein Geist
Und für die Wunder, Firnen, Felsenhörner,
Die ihm des See's krystallner Spiegel weis't;
Nicht Rütli's will er sehn, noch Rigi=Kulme,
Nein Höh'n, wo Reben ranken um die Ulme.


Voll ist, wie stets, der Dampfer von Touristen,
Fast sandte jedes Land sein Exemplar;
In reichen Kleidern, seiden und batisten,
Prangt die Pariserin vom Boulevard;
Ladies mit ihrem Zubehör von Kisten
Und Koffern gibt es eine ganze Schaar,
Und Moskowitinnen mit Schuh'n von Juchten
Rüsten zur Fahrt sich durch Gebirg und Schluchten.

Schack, Ebenbürtig.                    4

Oft weilt der Blick der schönen Pilgerinnen
Auf unserm Jüngling, der zu Boden sieht;
Sie sehen ihn versenkt in tiefes Sinnen
Und wie sein Auge vor dem ihren flieht;
Im Wunsch, die Unterhaltung zu beginnen,
Spricht eine Dame: „very fine indeed!
Hier wohl studirt im Schwyzer oder Urner
Canton hat seine Lichteffekte Turner."


Doch er bleibt stumm; er weiß, daß der Blondinen
Des kalten Nordens keine für ihn taugt;
Sei'n sie von Teint so weiß auch wie Undinen,
Von feinem Gliederbau und blaugeaugt,
Nur dort wo, immer sonnenglanzbeschienen,
Des Lichtes ew'gen Quell die Erde saugt,
Blüh'n mit den Lorbeerrosen, den Agrumen
In Glut und Pracht die ächten Frauenblumen.


Und jetzt empor auf steilen Schwindelpfaden
An Schlünden hin, wo gelber Nebel braut!
Hoch oben haben sich die Boreaden
Aus Eis und Schnee den Winterthron gebaut;
Zur Seite schäumt und wirbelt in Cascaden
Die wilde Reuß; auch wo man sie nicht schaut,
Hört man die Flut, wie sie an den gezackten
Felswänden tobt in ew'gen Katarakten.

Die Brücke, nicht gebaut von Menschenhänden,
Bebt bei dem Sturz der Wogen wie ein Rohr;
Durch Nebel, flatternd an den Felsenwänden,
Und durch das schwarze, nie erhellte Thor
Schwingt sich der Weg, als wollt' er nimmer enden,
In hundert Windungen empor, empor;
Dann endlich — denkt euch Nikolas' Entzücken! —
Nach Süden senkt sich des Gebirges Rücken.

Bald stäubt der Nebel hin in leichten Flocken,
Herauf vom Thale wehn die Lüfte lauer,
Und unsres Prinzen Herz bebt süß erschrocken,
Wie blau der Himmel wird und immer blauer,
Wie längs des Stromes, der mit Silberlocken
Nach unten springt, an grüner Rebenmauer
Die erste Myrthe sich, noch halb verzagt
Und schüchtern, an die freien Lüfte wagt.

Und nun, Italien, Heimat dieser Stanze!
So wie du bist, ein ewiges Gedicht,
Mit deiner Tage goldnem Sonnenglanze,
Mit deiner Nächte Sternensilberlicht
Entfalte meinem Helden deine ganze
Prachtfülle! Was bisher im Traumgesicht
Er nur geschaut, in Farben und Gestalten
Laß es lebendig sich vor ihm entfalten.

Wo ist ein Land, auf das mit reichern Gaben
Mutter Natur ihr großes Füllhorn leert,
Als über dich? Früh hast du mich, den Knaben,
An deinem treuen Busen schon genährt;
Was zart und stark, was lieblich und erhaben,
Wer anders hätt' es mich, als du, gelehrt,
Wer auf die Lippen mir gleich süßem Seime
Zuerst gelegt die holde Kunst der Reime?

Erschließ' denn mir zugleich dein Thor aufs Neue,
Du, deren immerdar mein Herz gedenkt!
Wohl häng' ich an dem Vaterland in Treue,
Wie oft es mich mit Galle auch getränkt;
Allein, seit einmal deines Himmels Bläue
In meiner Seele Spiegel sich gesenkt,
Stets wieder wie mit unsichtbaren Fäden
Zurückgezogen werd' ich in dein Eden.

Mag nie ein Herbst das Laub der deutschen Buche
Zur Erde streu'n, daß ich, dem Kranich gleich,
Nicht deine sonnenwarmen Lüfte suche!
Wenn kalt und starr, eine großes Todtenreich,
Deutschland daliegt, vom weiten Leichentuche
Des Schnee's bedeckt, will ich, durch Duftgesträuch
Hinschreitend und umspielt von Frühlingshauchen,
Den Fuß in blumenvolle Auen tauchen.

O du, am Arnostrom smaragdne Wiese,
Wo im Januar schon die Narcissen blüh'n,
Vorbild von Alighieri's Paradiese!
Ihr Thäler all am dunkeln Apennin,
In die vom Felshang mit gebrochnem Friese
Gestürzte Tempel, glorreich im Ruin,
Hernieder schau'n, in eure Einsamkeiten
Soll Jahr für Jahr mein Genius mich leiten.

Die Tannen, wie sie langsam aufwärts klimmen,
Als wälzten sie der Riesenblöcke Wucht
Den Berg hinan; die feierlichen Stimmen
Der Wasserfälle; drüberhin die Flucht
Der Wolken, die im Purpurlichte glimmen,
Erfüllt hat all das in Valdarno's Schlucht
Schon Dante's Seele, bis, zum Rande voll,
Sie im Gesang begeistert überquoll.

Und führen soll der göttliche Verbannte
Mich zu den Plätzen, die sein Geist geweiht;
Nur Eintagskinder sind wir, doch, wo Dante
Gestanden hat, verschwinden Raum und Zeit,
Und, der ich früh zu ihm in Lieb' entbrannte,
Theilhaftig fühl' ich mich der Ewigkeit,
In der er wandelt, wenn ich auf den Stäten,
Den heil'gen, weile, die sein Fuß betreten.

Vielleicht daß dort noch — lacht nicht, ihr Profanen! —
Ein Hauch von seinem Geiste mich beseelt,
In dem der alte Genius der Germanen
Und der Lateiner herrlich sich vermählt.
Dann wandeln wird mein Lied auf höhern Bahnen
Erhabneren, als ich sie hier gewählt,
Und, statt zu tändeln in Ariosto's Weise,
Durch Höll' und Himmel mach' auch ich die Reise.

Doch weit vom Wege bin ich abgeschweift;
Kaum hat in Deutschland noch der Weizen Aehren,
Die ersten Kirschen sind noch nicht gereift,
Und meine Zeit, nach Welschland heimzukehren,
Kommt erst wenn der November=Nordwind pfeift;
Bis dahin mög' es Tröstung mir gewähren,
Daß südwärts auf der Alpen andre Seite
Ich meinen Nikolas im Geist begleite.

Im Dorf Bellaggio, noch bedeckt mit Staube,
Ihn finden wir auf des Hôtels Balkone
Im grünen Labyrinth. Mit dunklem Laube
Schwankt über ihm des Lorbeers Wipfelkrone,
Durch die des Flieders duft'ge Blüthentraube
Hervorquillt und die leuchtende Citrone,
Indeß vor ihm durch Stäbe, rebumgittert,
Der blaue See in leichter Wallung zittert.

Empor vom Uferrand, wo in den Blenden
Die Lampen glüh'n am Bild der lieben Frau,
Schweift ihm das Auge zu den Felsenwänden;
Und zwischen der Olivenhaine Grau
Sieht er zu Myrthenschlucht und Fruchtgeländen
Die Wasserfälle ihren Silberthau
Herniederschütten, bis das Naß sich vorn
Verirrt in Indiens blätterdichtem Korn.

Auf einmal bei der Sonne Scheidestrahle
Aufflammt der See in tiefer Purpurglut
Und leuchtet wie krystallene Pokale,
Wenn sie des Weines dunkelrothe Flut
Zum Rand erfüllt; dann bleicht das Licht im Thale,
Und aus der Dämmerung, die unten ruht,
Nur leuchten, halb versteckt in Lorbeergrün,
Noch einzle Villen auf im Abendglüh'n.

Und während unserm Prinzen so die Sinne
In all den Wundern schwelgen, an die Eine
Denkt er, die seit der Jugend Anbeginne
Vor ihm in heil'ger, ewig junger Reine
Gestrahlt, das Traumbild seiner hohen Minne;
Hier, wo in wunderbarem Zauberscheine
Ihn die Natur umblüht, muß er sie finden;
Doch wird er nicht vor ihrem Glanz erblinden?

Noch träumend sitzt er so. In den Gebüschen
Des Gartens unter ihm da hört er reden;
Ein Weiberstimmchen im Berlinerischen
Accent wird laut: „Nein, warnen muß man Jeden
Vor solchem Lande! Welche Kluft ist zwischen
Italien und Berlin! Anstatt der Läden
Am Schloßplatz, statt der Cafés an den Linden
Sind einzig Räuberhöhlen hier zu finden.“


Darauf ein Baß: „Wie hier die Mücken stechen!
Wund bin ich schon an Hand und Stirn und Kinn;
Und welch ein Kauderwelsch die Menschen sprechen!
Nicht Sinn und nicht Verstand find' ich darin,
Mag ich mir noch so viel den Kopf zerbrechen;
Ich glaube, es ist bloßer Eigensinn,
Daß sie sich deutsch zu reden nicht bequemen,
Die Schufte, die sich unsrer Sprache schämen!“


Der Prinz erkennt: sein Peter ist der Sprecher,
Und die Berlinerin, die vor ihm steht,
Ein Kammermädchen, das mit Shawl und Fächer
Die Herrin spielt. Doch er, da es schon spät,
Wünscht einsam einen Zug noch aus dem Becher
Der herrlichen Natur zu thun und geht,
Indeß die Zwei fortschwatzen, zwischen Vignen
Zum See hinab durch die Allee der Pinien.

Da spielten, wie sie gingen, wie sie kamen,
Ihm kleine Wogen plätschernd um die Füße,
Und leuchtend sah ihn aus der Berge Rahmen
Die hehre Landschaft an; gewiegt in süße
Hoffnung, der künftigen Geliebten Namen
Hört er im Klang der Wellen; ihre Grüße
Weh'n ihm die nächt'gen Lüfte sanft entgegen,
Die seine Locken leisen Hauchs bewegen.

Denkt euch das Mondlicht, zitternd auf den Wellen
Und lorbeerwald-umkränzten Sommersitzen;
Die weißen Häuschen oben, die Kapellen,
Die wie die Sterne über ihnen blitzen —
Man glaubt, sie müßten mit den Wasserfällen
Herniedergleiten von so steilen Spitzen —
Und rings die Myrthen=, die Olivenhaine,
Wie aufgelös't im weichen Mondenscheine!

Allein genug nun! Solche Mondscheinscenen
In Fülle findet ihr bei Matthisson
Mit ihrem ganzen Zubehör von Thränen,
Mich, bitte, dispensirt in Huld davon!
Nachgrade muß mein Held ein Bett ersehnen,
Denn kühl und feucht — sogar Endymion
Bei seinem Nachtschlaf würde sich erkälten —
Weht an Italiens See'n die Luft nicht selten.

Kurz schlief der Prinz. Bevor hinaus zum Grasen
Die Ziegen und die Lämmer treibt der Hirte
Und frisch beim Morgenroth die Lüfte blasen,
Ihn finden wir im Schatten einer Myrthe
Am Seegestad, gestreckt auf weichen Rasen;
Petrarca schlägt er auf; doch der verirrte
Gedanke schweift vom Buch hinweg dem Thoren;
Er bleibt den ganzen Tag in Traum verloren.

Wenn lang und länger dann die Schatten werden,
Dahin sich rudern läßt er durch den See,
Und solche Fahrt dünkt einzig ihm auf Erden,
Wie bald das Boot an Klippen, steil und jäh,
Hinschießt und von den Höh'n herab der Heerden
Geläut ertönt, bald dicht die Aloë
Am Ufer prangt und in den Blüthenbüscheln
Des breiten Schilfs die Abendlüfte zischeln.

Einst, als die Sonne schon die letzten trägen
Lichtstrahlen warf und, wie auf einem Claude
Auf See und Uferhöh'n ein goldner Regen
Herabfloß, plötzlich glitt an seinem Boot
Ein Kahn vorbei mit leichten Ruderschlägen,
In dem, umflossen von des Abends Roth,
Ein Weib von wunderbarer Schönheit ruhte —
Seltsam und märchenhaft ward ihm zu Muthe.

An das Unmögliche, das Niegeseh'ne,
Dem durch die Lieder der Romanzatoren
Unsterblich Leben ward, mahnt ihn die Scene;
Durch eines Zauberers Stab heraufbeschworen
Scheint sie zu sein. An eines Sessels Lehne
Gewahrt er in dem Nachen einen Mohren
In Saracenentracht, von Zügen edel;
In Händen hält er einen Pfauenwedel.

Und vor dem Mohren sieh! im Sammttalar
Auf weichem Polster liegt, von ihm gefächelt,
Ein Weib, von Aussehn fremd und wunderbar.
Herab vom Munde, der holdselig lächelt,
Nein höher, von des Scheitels schwarzem Haar
Bis unten zu den Füßen, feingeknöchelt,
Gleicht sie der Göttin, welche alte Mythen
Als Schönheits=Urbild schufen, Aphroditen.

Ein junger Page, wunderholde Damen
Umstehen die Gebieterin im Kreis,
Mit Staunen sieht der Prinz der wundersamen
Erscheinung zu, er glaubt ein Traumbild sei's
Und selbst die Fassungskraft fühlt er erlahmen —
So schwebt das Boot dahin auf feuchtem Gleis.
Verschwunden plötzlich in des Spätroths Glanze
Ist hinter einer Klippe da das Ganze.

Lang noch bleibt unser Nikolas wie trunken
Und achtet nicht, an Geist und Sinn berauscht,
Wie schon verglüht der letzte Sonnenfunken
Und hoch der Wind des Kahnes Segel bauscht,
Der ihn ans Ufer trägt.  In sich versunken,
Indem er mit sich selber Worte tauscht,
Aussteigt er an des Gasthofs Lorbeerbäumen
Und liegt die Nacht hindurch in wachen Träumen.


Schon früh erhebt er sich beim Morgengolde
Und schwört: nicht rasten will ich und nicht ruh'n
Bis mir mein Seelen-Traumbild, jene Holde,
Im Arme liegt. — Und du, o Schicksal, nun
Sei huldreich ihm! Wie Tristan und Isolde,
Schirin und Chosru, Leila und Medschnun,
Die Maid Sigune und Tschionatulander,
So führ' auch unsre Beiden zu einander!


Kaum daß noch auf die fünfte Thurmuhr-Ziffer
Der Zeiger deutete, da vom Balkon
Hinunter nach dem Seegestade pfiff er —
In Como als Signal gilt dieser Ton,
Daß man ein Boot verlangt.  Renzo, der Schiffer
Von gestern, harrte seiner drunten schon
Und bald hinruderte der Junge, Starke
Den Sehnsuchtvoll-Verliebten auf der Barke.

Wovon der Prinz auf dieser Fahrt träumt, brauchen
Wir nicht zu sagen; aus den Wellen sieht
Er jenes Wunderbild der Schönheit tauchen;
In jedem Nachen, der die Flut durchzieht,
Glaubt er's zu schau'n, und in den Windeshauchen
Zu ihm herüber wallt es wie ein Lied
Heiliger Liebe, dem sein Herz vibrirend
Nachzittert, sich in Sehnsuchtweh verlierend.

Hierhin und dorthin auf dem Wasserbecken
In jede Myrthen= und Orangenbucht
Läßt er sich rudern; hinter Felsverstecken
Und moos'gen Klippen späht er ohne Frucht;
Die Fee von gestern läßt sich nicht entdecken;
Nahm sie als Sylphe himmelwärts die Flucht
Und schwebt nun oben auf dem Regenbogen?
Zerfloß sie als Undine in die Wogen?

Schon sinken läßt sein Geist die Hoffnungschwingen;
Da über leisbewegten Wellenplan
Her von Varenna schallt zu ihm ein Klingen,
Und aus der Bucht sieht er ein Fahrzeug nah'n.
Von Stimmen, die ein Lied im Chore singen,
Bebt die verliebte Luft. Das ist der Kahn
Von gestern; Wahrheit war's, kein bloßer Traum,
Denkt Nikolas und wagt zu athmen kaum.

Ja mir auch, fürcht' ich, geht der Athem aus,
Wenn ich beschreiben soll der Reize Fülle,
Die in dem Boot, ein reicher Blumenstrauß,
Duftet und blüht.  Im Kleid von feinem Tülle,
Das die Contouren ihres Gliederbau's
Erkennen läßt durch transparente Hülle,
Ruht in dem Kahn, von ihrer Damen Flor
Umringt, das Wunderbild vom Tag zuvor.


Denkt euch, gezeichnet von dem Bleistift Guido's
Und, wenn die Zwei auch ein Jahrhundert trennt,
Von Tizians Pinsel colorirt, Cupido's
Himmlische Mutter, aber mehr decent,
Als da am Strand von Cypern oder Gnidos
Sie aufstieg aus dem feuchten Element —
Dann von der Schönheit, die in jenen Nachen
Gebettet lag, könnt ihr ein Bild euch machen.


O göttlich Weib! Mit weißen, weh'nden Schleiern
Umringen die Begleiterinnen sie;
Zum Saitenklingen ihrer goldnen Leiern
Hallt lieblich ihrer Lieder Melodie,
Und emsig schwingt — hat Victor Hugo, Byron
Geliefert ihn für diese Scenerie? —
Ein Mohr im orientalischen Ornat
Den Pfauenwedel, wie er gestern that.

Durch einen Baldachin von Silberstoffen
Wird noch des Bildes Märchenreiz vermehrt,
Und drüber strahlt, bis in die Tiefe offen,
Das Himmelsblau, visionenhaft verklärt.
Da wirft — der Prinz starrt, wie vom Blitz getroffen —
Die Schöne, während sie vorüberfährt,
Ein Blatt ihm zu; ihm schwindeln alle Sinne;
Es ist, als ob die Welt um ihn zerrinne.

Als in die Ferne dann das Boot geschwunden,
Kam ihm Bewußtsein wieder nach und nach;
Doch, daß ihm nicht ein Wahn den Geist gebunden,
Sagt' ihm das Blatt, das ihm zu Füßen lag.
Er las: „So hab' ich endlich dich gefunden!
Umsonst nicht hast du vor mir Nacht und Tag
Geschwebt, du hohes Traumbild meiner Seele,
Das ich zu meines Lebens Leitstern wähle!

„Komm, Freund! zum hohen Freudenfeste lade
Ich dich auf heut in meine Villa ein;
Beim Ave weisen wird dahin die Pfade
Mein Page dir; und dann, auf ewig mein,
Sollst du bei Como an des See's Gestade
Des schönen Schlosses Mitbewohner sein;
Denn daß ich je von dir, Geliebter, schiede,
O! den Gedanken trag' ich nicht! — Armide."

Denk, günst'ger Leser, dir, mit zwanzig Jahren
Erhalten hättest du solch Billet-Doux,
Und meines Prinzen Nikolas Gebahren
Gewiß nicht allzu strenge richtest du.
Elektrisch zuckt bis zu den Scheitelhaaren
Ihm der Gedanke an das Rendezvous
Durch jedes Glied; flieht schnell, ihr Stunden, schnell!
Denkt er und lenkt zurück in das Hotel.


Heiß glüht schon vom Zenith herab die Sonne,
Darum im Schatten auf Lianenranken
Sich streckt er hin am Bilde der Madonne,
Und ruhelos ihm schweifen die Gedanken
Entgegen der ersehnten Abendwonne,
Indeß zu Häupten ihm die Zweige schwanken
Und im Kastanienwipfel die Cikaden
Mit ihrem Lied zu süßen Träumen laden.


Nicht achtet er, wie durch die Myrthenhecken,
Mit weißem, rothem Kopfputz angethan,
Den Krug zu füllen an dem Brunnenbecken,
Des Dorfes, jugendliche Mädchen nah'n —
Und Jeden sonst durchzuckt doch süßer Schrecken,
Wenn tiefen Blau's bald wie der Berg-Enzian
Und bald nachtdunkel unter hohen Brauen
Der Contadinen Augen nach ihm schauen.

Zu späh'n tritt dann der Prinz auf den Altan,
Und sieht, die Feder weh'nd auf dem Barrette,
Schon ferne her im Boot den Pagen nah'n.
Er fliegt geschwind als ob er Flügel hätte,
Zum See hinunter, daß ihn gleich der Kahn
Empfange; mit dem Herren in die Wette
Stürzt Peter vom Hotel herab die Treppen;
Die Koffer läßt er von dem Hausknecht schleppen.

Bald denn, geleitet von dem Liebesboten
Glitt durch die blaue Flut mein Nikolas,
Und um ihn schwebten Eros und Eroten,
Indeß sein Herzschlag die Sekunden maß,
Die allzu langsam floh'n. — Sein Schicksalsknoten
Soll nun sich lösen und in Julia's
Umarmung Romeo sich selig wiegen;
Weht, Winde! laßt die Barke schneller fliegen!

Dem armen Peter nur war nicht geheuer;
Jammernd den Prinzen umzukehren bat er.
„Laßt, gnäd'ger Herr, von diesem Abenteuer!
Was sagten die Durchlaucht, Eu'r gnäd'ger Vater,
Wenn Sie den Pagen sähen dort am Steuer?
In solcher Tracht sah ich auf dem Theater
Sich mal die Spieler sämmtlich massakriren —
Denkt! nur Ein Leben habt Ihr zu verlieren.“

Schon wallt die Nacht herab auf weichem Flügel,
Indeß das Boot hinhüpft in leichtem Tanz —
Sieh! vor ihm ragt von busch'gem Uferhügel,
Festlich geschmückt mit bunter Lampen Kranz
Die Villa auf — hellglitzernd auf dem Spiegel
Der Wellen schaukelt sich der Lichterglanz;
Das Ufer ist erreicht, still hält die Barke,
Und Nikolas steigt aus im Lorbeer=Parke.

Nun in die Villa! Märchenhafter Schimmer
Quillt ihm entgegen aus dem Vestibüle,
Und vor den Augen fühlt er ein Geflimmer,
Als von der Gäste wogendem Gewühle
Er alle Säle voll sieht, alle Zimmer —
Ihm ist zu Muth, wie wenn die Somnambüle
Visionen, werth der Wohner von Bicêtre,
Gewahrt durch ihren Seelen=Nervenäther.

Von Columbinen, wie im Carneval,
Von Bolognesen und von Bergamasken
Hinauf, hinunter wogt der bunte Schwall;
Nicht Griechen=Fes, nicht rother Gurt der Basken,
Noch Türken=Turban fehlt dem Fasching=Ball;
Wer all die Zanni, die Brighella=Masken
Gewahrt, muß glauben die Prinzeß Brambilla
Von Hoffmann halte Hof auf dieser Villa.

Des Prinzen — zwischen all den bunten Trachten
Steht er in seinem Reiserock verlegen —
Scheint keiner der Geladenen zu achten,
Auch sie nicht, sie, die Einz'ge, der entgegen
Mit heißem Drang ihm Sinn und Seele schmachten —
Hoch klopft sein Puls in fieberhaften Schlägen
So oft ihn ein Gewand streift; birgt perfide
Die Maske nicht die göttliche Armide?

Sieh! da schwebt leichten Tritts, wie eine Fee,
Ein Weib heran; er weicht zur Seite zag,
Allein die Rechte reicht sie ihm, und jäh,
Wie der elektrischen Maschine Schlag,
Zuckt durch des Handschuhs schimmernden Glacé
Ihr Druck ihm bis zum Herzen; er vermag
Zu athmen kaum, als die Gebenedeite
Ihn ins Boudoir führt an des Saales Seite.

Und o! den ganzen Himmel um sich blauen
Sieht er in nie zuvor geschautem Licht,
Als ihre Maske hebt die Frau der Frauen
Und, Versen gleich in des Ariost Gedicht,
Von ihrem Rosenmund die Worte thauen:
„So bist du mein, Freund, der als Traumgesicht
Vor meiner Seele du im Glorienscheine
Seit lang gestrahlt, auf ewig nun der meine!"

Sie gönnt ihm, an den Busen ihr zu sinken
Und einen Kuß auf ihren Mund zu drücken
Und ihres Athems süßen Duft zu trinken.
Lang bleibt er so, berauscht von seinem Glücke.
Da greift sie, leise klagend, mit der Linken
Sich nach der Stirn: „Des argen Schicksals Tücke
Verfolgt mich, die abscheuliche Migräne!"
Seufzt sie und sinkt an eines Sessels Lehne.


„Den Schmerz mir mit Essenzen zu vertreiben
Geh' ich, allein mich wieder siehst du bald;
Für immer nun laß uns vereinigt bleiben,
Dieß Lustschloß unser sel'ger Aufenthalt!
Die Tannen deines Vaterlands, die Eiben
Vergessen mußt du hier im Lorbeerwald,
Im Myrthendickicht; nur auf kurz gestatte,
Daß ich dich lasse, o mein Freund, mein Gatte."


Mit beiden Armen noch einmal umwunden
Ihn hält sie, reißt sich los von seiner Brust
Und wankt hinweg. Ihr nach, als sie verschwunden,
Starrt Nikolas, kaum seiner selbst bewußt;
Erst Himmelswonne weniger Sekunden
Und jäh nach dem Gewinn dann der Verlust —
Doch nein! verhieß, sobald ihr Kopfweh weiche,
Nicht ihre Wiederkunft die Göttergleiche?

Mag ihrer bis dahin der Himmel walten!
Den Saal vermeidend, wo wie fiebertoll
Die Masken bei Musik ihr Tanzfest halten,
Bleibt er in dem Boudoir; und sehnsuchtsvoll,
So oft er Rauschen hört von Kleidesfalten,
Der Thür, durch welche sie erscheinen soll,
Zuwendet sich sein Blick; wenn an sein Ohr
Ein Tritt schallt, süßerschreckt fährt er empor.

Lang, von der Ampel mattem Licht beschienen,
So harrt und lauscht er einsam im Gemach;
Her aus dem Saal vermengt der Violinen
Der Flöten, Cello's Klang sich seinem Ach,
Von Arlechinen und von Columbinen
Wogt draußen fort der Tanz; doch nach und nach
Erschöpft die Festlust sich — herein ins Zimmer
Bricht schon des Morgens erster Dämmerschimmer.

Nun noch ein Tusch von schmetternden Trompeten,
Dann Alles stumm; aus scheint der Ball zu sein.
Unruhig an das Fenster hingetreten,
Sieht unser Prinz im blassen Dämmerschein
Die Musici mit Geigen und mit Flöten
Den Heimweg nehmen, und in langen Reih'n
Ans Seegestad, wo Barken ihrer warten,
Die Gäste wandeln durch den Villen=Garten.

Er denkt: Von dem Tumult hier, dem Allarme
Ward sicher die Migräne noch vermehrt,
Und über Maßen leidet sie, die Arme,
Lang sonst ja wäre sie zurückgekehrt.
Dann in den Saal hinaus, der sich vom Schwarme
Der Gäste unterdessen ganz geleert,
Ruft er: „Schnell! Cameriere, Maggiordomo!
Ein Arzt ist nöthig; schickt sogleich nach Como."

Da trat zu ihm ein Alter, höchst devot:
„Ei, Herr Marchese, durch das Trennungsleiden,
Ich faß' es wohl, sind Sie betrübt zum Tod;
Gleich nach dem Wiedersehen dieses Scheiden!
Doch schleunig zu befolgen das Gebot
Der Tochterpflicht, wie ließ es sich vermeiden?
Mir däucht, daß ich noch nie so tiefes Weh sah,
Wie bei dem Abschied das der Frau Marchesa."

Nicht mehr versteht der Prinz den Italiener,
Als wenn Chinesisch er gesprochen hätte.
Sprachlosen Staunens steht er, während Jener
Fortfährt: „Bald endet Alles gut, ich wette,
Und ist das Wiedersehn dann desto schöner.
Vielleicht ersteht von ihrem Krankenbette
Die Mutter Ihrer Frau Gemahlin morgen,
Und sie kehrt heim, befreit von allen Sorgen.

„Der Brief, der sie von bannen rief, fiel freilich
In dieses Fest gleich einem Wetterstrahl,
Und die Bestürzung find' ich ganz verzeihlich;
Doch trösten Excellenz sich in der Qual
Der bittern Trennung, die ja nur einstweilig,
Hier mit der Aussicht aus dem Gartensaal!
Schau'n Sie! vor Ihnen breitet sich der ganze
Herrliche Comer=See im Morgenglanze.


„Und nun, verzeihn Sie, gnäb'ger Herr, in Huld,
Doch meine Kasse ist total geleert,
Weil Ihrer Frau Gemahlin voll Geduld
Seit einem Monat ich Krebit gewährt;
Verwiesen für Bezahlung dieser Schuld
Warb ich von ihr an Sie; was sie verzehrt
Sammt dem Logis macht vierzehntausend Franken,
Hier sehen Sie! quittirend werd' ich banken.“


Der Alte spricht's und ganze Foliobogen
Mit Rechnungen hält er auf einmal hin.
„Wer,“ ruft der Prinz, „hat Euch denn vorgelogen,
Daß ich der Mann der fremden Dame bin?“
Ach! unser armer Freund warb arg betrogen
Von dieser list'gen Abenteurerin!
Wenn der Armida Rechnung ihr Rinaldo
Bezahlte, stünd' es schlimm mit seinem Saldo.

Der ganze Vorgang sammt der Katastrophe
Wird dem Gefoppten nun allmählig klar;
Er weiß nicht was zu thun; da in dem Hofe
Erschallt Geschrei, und eine wilde Schaar
Dringt in den Saal; zuvorderst eine Zofe
Mit glüh'nden Wangen und gelös'tem Haar,
Dann Stubenmädchen und Facchini stürzen
Herein und Köche mit den weißen Schürzen.

Und durcheinander, auf den Prinzen stiere
Augäpfel richtend, rufen sie: Gebieter,
Wir fordern Lohn noch für der Wochen viere.
Ein Andrer schreit: Wein hab' ich, zwanzig Liter,
Geliefert; gebt mir meine hundert Lire!
Die Monatszahlung heischt der Bootvermiether,
Ein Dritter Miethzins für das Fortepiano,
Und ringsum schallt's im Chor: la buona mano!

In Wuth ruft Nikolas: „Fort mit dem Packe!"
Da drängt der Mohr sich durch der Gäste Kreis,
Doch, statt im Kaftan, in zerlumpter Jacke;
Die Hälfte des Gesichtes ist ihm weiß,
Und schwarz wie sonst nur noch die Eine Backe.
Er jammert: „Hab' ich dazu mich mit Fleiß
Vom Kopf zum Fuß gefärbt an jedem Tage,
Daß ich jetzt hier am Hungertuche nage?

„Bezahlen Sie mich, Herr! Zu Ihrer Bläme
Sonst zeig' ich Allen mich so weiß und schwarz
Und künde laut: nicht Hassan ist mein Name,
Nein, Jakob Schulz! Mir das Gesicht mit Harz
Und Pech zu überzieh'n, von jener Dame,
Die nie mir Lohn gab, mir befohlen ward's.
Wißt! in Tombuktu nicht im Land der Mohren,
Zu Straubing bin, in Bayern ich geboren!"


In dem Tumult verhallt sein weit'res Sprechen;
Der Prinz glaubt sich in einer Mördergrube,
Er will sich Bahn durch das Getümmel brechen;
„Birbanti!" donnert er; „hinweg, du Bube!"
Da ihm als Beistand wider jene Frechen
Naht Peter, der in der Bedientenstube
Den Lärm gehört; hoch als Besänft'gungsmittel
Ital'scher Habgier schwingt er einen Knittel.


Verblüfft stehn Alle; in so günst'ger Krise
Aufs nächste Kanapee springt Nikolaus:
„Ihr Räuber," ruft er, „eh' ich solche Prise
Euch lasse, Allen mach' ich den Garaus!
Nicht Gatte der vermeintlichen Marquise,
Ich bin ein Prinz aus deutschem Fürstenhaus.
Macht frei den Weg! dieß Land des Rinaldini
Verlaß' ich flugs und seh' es wieder nie — nie!"

Er ruft's, und Peter, der den Stock in Rechter,
In Linker einen Stuhl erhoben hat,
Steht da wie mit erhobnem Beil ein Schlächter;
Umsonst noch einmal mit der Rechnung naht
Der Wirth; kühn durch der Feinde Wuthgelächter
Zur Saalthür bahnen sich die Zwei den Pfad;
Zum See hinab führt sie ein naher, schroffer
Fußpfad; Facchini folgen mit dem Koffer.


Noch, um ihn dem Gesindel abzuringen,
Erfolgt ein Streit, doch Peter kämpft als Held;
Siegreich hinab in eine Barte schwingen
Die Beiden sich; das Segel, windgeschwellt,
Trägt sie vom Ufer fort; ins Wasser springen
Noch viele Kerle und: la mancia! gellt,
Indeß sie gierig hinter'm Nachen schwimmen,
Noch lang das Rufen ihrer schrillen Stimmen.


„Nach Colico!" gebeut den Barcajuolen
Der Prinz und sinkt ermattet in das Boot;
Nicht bloß erschöpft — er kann kaum Athem holen —
Nein, schlimmer viel, betrübt ist er zum Tod.
Von seinen Idealen und Idolen
Was blieb ihm nun? Das Schicksal, der Despot,
Hat jäh hinab zu Abgrundfinsternissen
Aus allen seinen Himmeln ihn gerissen.

So kaum auf Peter hört er, wie er klagt:
„Ach, gnäd'ger Herr, stets für Eu'r Wohl beflissen
Bin ich gewesen, und wer Andres sagt,
-Der lügt verdammt; doch von Gewissensbissen
Ist mir die arme Seele jetzt zernagt,
Denn daß ich wider Willen, wider Wissen
Dieß Unheil schuf, sagt mir mein Herz beklommen;
Klar wird mir nun, wie Alles so gekommen.

„Daß ich gern mehr, als nöthig ist, erzähle
Und oft im Schwatzen unvorsichtig bin,
Ist eine Schwachheit, die ich nicht verhehle;
So im Hotel jüngst der Berlinerin
Erzählt' ich von dem Traumbild Eurer Seele,
Das über Land und Meer Euch treibt dahin —
In den Gedichten, die an dieses Wesen
Ihr täglich schreibt, ja hab' ich das gelesen.

„Ach! hätt' ich das Geheimniß doch verschwiegen!
Durch ihre Zofe ward's dem argen Weib
Bald kund gegeben, und Euch zu betrügen
War eine Kurzweil ihr, ein Zeitvertreib.
Verdammt dieß Räuberland! Wär't über'm Splügen
Ihr nur erst drüben und mit heilem Leib!"
Er schwieg; um all sein Heiligstes betrogen
Starrt Nikolas verzweifelnd in die Wogen.

# Drittes Buch.

---

Brich an! wir harren dein zu allen Stunden
O Weltvernichtungstag! Seitdem das All
Dem sel'gen Nichtsein sich zuerst entwunden
Schau'n Himmel, Erd' und jeder Sternenball
Schmachtend nach dir und zählen die Sekunden,
Bis sie aus dieses Daseins Wogenschwall
Rücksinken in den Schooß des Unbewußten,
Dem wider Willen sie entsteigen mußten.

Kaum ferner läßt mich die Erwartung schlafen,
Die süßen Trost in meine Seele träuft,
Daß bald wir eingehn in den Ruhehafen,
Des Jammers bar, der hier sich stündlich häuft.
O Glück, wenn an dem Draht der Telegraphen
Von Pol zu Pole hin die Ladung läuft:
„Schwört, Menschen, euch nicht ferner zu vermehren!
Nicht länger darf die arge Wirthschaft währen."

Doch nein! groß wäre dieß Projekt, erhaben,
Allein es ist nicht praktisch; noth thut Eile.
Statt bis zum Tode hier Geduld zu haben
Und langsam zu vergehn vor Langerweile
Wär's besser nicht, die Länder abzugraben
Und drauf die Meere zu der Menschheit Heile
Herabzuleiten durch erschloss'ne Schleusen,
Daß wir ertrinken müßten gleich den Mäusen?


So komm! Laß lang nicht mehr dieß Elend dauern!
Komm, großer Tag, wie du uns prophezeit
Von unsern Hartmanns bist und Schopenhauern!
Mit Stolz aussprech' ich's, bald sind wir so weit!
Fruchtlos erfand nicht ihre schwefelsauern
Substanzen die Chemie der neusten Zeit;
Zugleich eröffnet uns das jüngst entdeckte
Erstickungsgas erfreuliche Prospekte.


Und mehr und mehr bricht in voluminösen
Schriftwerken sich die große Lehre Bahn,
Frei würden wir erst dann vom Fluch des Bösen,
Wenn wir den Lebenswillen abgethan.
Warum denn durch die Kunst der Petroleusen
Nicht wandeln wir zum flammenden Vulkan
Des Weltall um, uns so von dem absurden
Dasein zu retten, dessen Raub wir wurden?

Zwar dann selbst würde nicht das Ziel erreicht;
Dem Willen läßt, dem unverbesserlichen,
Sich auch das Schlimmste zutrau'n, und vielleicht,
Wenn alles Leben aus der Welt entwichen,
Wenn dieser Erdball einer Schlacke gleicht,
Ertappen läßt er sich auf neuen Schlichen,
Ja sinnt, uncorrigirt von unsern Lehren,
Noch eine andre Schöpfung zu gebären.


In ihr dann wieder lechzt man nach der Stille
Des sel'gen Nichts, wie man allhier schon lechzte,
Ja leidet unter größrer Jammerfülle,
Als unter der man auf der Erde ächzte —
Nicht doch! Belehrt uns nicht die „Welt als Wille,"
Von allen möglichen sei dieß die schlechtste?
Laßt uns zunächst denn, denkend nicht an morgen,
Den Untergang der jetzigen besorgen!


Aus Nikolas' Gemüth ist das gesprochen,
Der, schwer getroffen von dem Schicksalsschlag,
Zu neuem Lebensmuthe, herzgebrochen,
Sich aufzuraffen lange nicht vermag.
Seit jener Nacht bei Como schwanden Wochen
Und mehr enthüllt hat sich ihm Tag für Tag
Vom großen Nichts der Schöpfung das Verständniß,
Das zeigt sein pessimistisches Bekenntniß.

In weltentlegnen Schluchten von Graubünden,
Wo, nah des Rheinwalds wildem Alpenpaß
Ins Höllenthal die Gletscherbäche münden,
Gefloh'n ist er mit seinem Menschenhaß.
Die Einsamkeit in jenen Felsenschlünden,
Auf jenen Gipfeln, nur von Boreas
Bewohnt und seinen ungestümen Kindern,
So hofft er, soll den Seelengram ihm lindern.

Gescheitert alle seine hohen Plane!
Und wieder in die Welt der Intriguanten,
Wo jedes Weib nur eine Courtisane,
Sollt' er heimkehren, dem Gespött von Fanten
Sich preiszugeben, jeglicher Chicane
Und durch den Grafen Lorm als Abgesandten
Vielleicht um eine Fürstin gar von Schleiz
Zu werben? Besser bleibt er in der Schweiz.

Schon steigt der Winter von dem eis'gen Piz
(So heißt der Pik in Sprache der Romanen)
Herab und nimmt die Thäler in Besitz.
Zum warmen Stall kehrt von den Felsenlahnen
Die Ziege blöckend mit der jungen Kitz;
Und immer noch läßt sich der Prinz nicht mahnen
Zu flieh'n aus diesen kalten Bergrevieren,
Ob auch die Wasserfälle fast gefrieren.

Trotz Schnee's und Frostes lang hat sich vergnüglich
Am Weine von Veltlin gelabt sein Peter,
(Vor allem eine Sorte ist vorzüglich,
Und ich empfehle sie; sie heißt „Completer;")
Doch schließlich sagt er sich, sie zögen füglich
Wo andershin — hoch thürmt sich, viele Meter,
Der Schnee; kaum sieht man drauf des Fußes Stapfen,
Denn er ist hart, so wie am Dach die Zapfen.

So seinem Herren von Katarrh, Bronchitis
(Vom Arzt hat er aufgeschnappt das Wort)
Und daß er sicher hier noch die Arthritis
Sich holen wird, spricht Peter fort und fort.
Der Prinz will erst nicht hören, aber sieht dieß
Doch schließlich ein; nur welchen andern Ort
Er wählen solle, bleibt noch unentschieden;
Die Menschen hätt' er gerne ganz gemieden.

Zuletzt, als Réaumür auf zwanzig Grade
Der Kälte weis't, nimmt er den Weg nach Chur
Und weiter an des Bodensee's Gestade,
Doch hier verschwindet plötzlich seine Spur;
Sein Aufenthalt und was zunächst für Pfade
Er einschlug, kaum scheint eine Conjectur
Darüber statthaft seinem Biographen,
Sonst könnt' ihn spätre Forschung Lügen strafen.

Das Einz'ge, was ermitteln wir gekonnt,
Ist Folgendes: nach ein'ger Monde Dauer
Als auf den Fluren, wärmer schon besonnt,
Der Schnee zerrinnt bei mildem Regenschauer,
Taucht Nikolas aufs neu am Horizont
Der Weltgeschichte auf; die düstre Trauer
Die ihn so lang in ihre Nacht begraben,
Scheint mählig etwas sich geklärt zu haben.

Erwählt hat er um Anbeginn des Lenzes
Das bayrische Athen zum Reiseziel
(Genannt von Andern wird auch Deutsch=Florenz es,
Füg' ich hinzu noch im Walhalla=Styl).
Dort weilt er staunend vor den Bauten Klenze's,
Der neu — das ist des Lobes nicht zu viel —
Zu Höh'n, wie in Jonien einst und Doris
Sie eingenommen hat, die Kunst emporriß.

Vorbei an sich in ganzen Aufgeboten
Sieht aller Zeiten Style zieh'n der Prinz,
Kirchen der Byzantiner und der Gothen
Nächst Tempeln mit der Säulenpracht Korinths.
Die buntbemalten Mauern dort, die rothen,
Saalwände, scheint es, aus Pompeji sind's;
Fürwahr, was Bauen, Malen, Meißeln, Tünchen,
Vermögen, haben sie gezeigt in München.

Schack, Ebenbürtig.                    6

Ein Wechsel ist's wie in Kaleidoskopen;
Portale voll von Heil'genbilderschmuck;
Antike Götterbilder in Metopen;
Façaden, schön gefärbt mit Fernambuck;
Siegsthore, die für Bauten der Cyklopen
Man hielte, wären nicht die Quadern Stuck,
Orgagna=Logen und Paläste Pitti,
Wo trifft man sonst, wie hier, auf Schritt und Tritt die?


Von all der Pracht ist Nikolas wie trunken;
Wenn seiner Seele Feuer, wie sein Stern,
Erloschen schien, nun neu in hellen Funken
Sprüht es empor. Auf einmal da, nicht fern —
Und fast vor Schrecken wär' er umgesunken —
Den Herrn von Luchs, den dicken Kammerherrn
Der Herzogin, sieht er des Weges kommen,
Und wieder wird das Herz ihm bang beklommen.


Das Elend an dem kleinen Hof beim Vater
Tritt bei dem Anblick vor ihn hin aufs neu,
Das ekle Schranzenthum mit obligater
Langweile; seitwärts weichen will er scheu —
Vergebens; an der Ecke beim Theater
Zum Stehn bringt ihn der Dicke: „Meiner Treu,
Sie kennen mich nicht mehr, mein Prinz! Ich segne
Die Stunde, wo ich Ihnen hier begegne!

„Vor allen Dingen seien Sie gebeten:
Schau'n Sie mir mit Vertrau'n ins Angesicht.
Ich weiß, exentrisch ist, wie der Kometen,
Der Jugend Bahn; zum epischen Gedicht
Gern machtet euer Leben ihr Poeten.
Verständniß dessen hat Fürst Friedrich nicht,
Der Alles zwingen will in die Schablone,
Darum verarg' ich nicht die Flucht dem Sohne."

So Herr von Luchs. Den Prinzen oft geschmäht
Hat er vordem, doch nun nach Höflingart
Beschönigt er die Excentricität.
Auch staunt nicht, wie er weiter sich gebahrt
Und dem Phantasten, welcher vor ihm steht
Gleich Alles, was sein Herz drückt, offenbart;
Unmöglich einmal ist's dem dicken Alten —
Ersticken müßt' er sonst — den Mund zu halten.

So fährt er fort: „Ein Stündchen noch zum Plaudern
Hab' ich; doch dann mich mit dem feinsten Frack
Zu costümiren darf ich nicht mehr zaudern.
Ach! sonst sind zwar Soireen mein Geschmack,
Allein an diese denk' ich nur mit Schaudern.
In voller Gala, unterm Arm den Claque,
Vor einer Tänzerin sich präsentiren,
Das muß ein Mann, wie ich, perhorresciren.

Und doch! die Pflicht gebietet's! es muß sein." —
„Wie das? Von welcher Tänzerin Sie reden,
Nicht faß' ich's" — fällt der Prinz verwundert ein —
Drauf Jener: „Sind Sie bei den Samojeden
Gewesen — beste Durchlaucht, Sie verzeih'n! —
Daß Sie nicht wissen was der Geister jeden
Allhier erfüllt? Seit ich in München bin
Nichts hör' ich, als nur von der Spanierin.

„Man sagt, auf dem Theater schwebe Eros
Um sie mit allen seinen Amoretten,
Wenn sie bei den Fandango's, den Bolero's
Sich wiegt zum Schmetterklang der Castagnetten.
Was Wunder, daß der Gott, der manchen Heros
Des Alterthums schon zwang in seine Ketten,
Bei uns auch, und in allerhöchsten Kreisen
Bemüht war, seine Allmacht zu beweisen!

„Kaum denn hier angelangt, schuf diese Lola
Verwirrung, wie, so weit man rückwärts denkt,
Sie nie geherrscht. Die Jünger des Loyola,
Die lang das Ruder dieses Staats gelenkt,
Ja selbst der Erzbischof in seiner Stola
Stehn rathlos da, bestürzt und hauptgesenkt;
Durch Spaniens Tochter, die in diesen Landen,
Allmächtig herrscht, wird all ihr Werk zu Schanden.

„Durch sie gehn — o es ist ein wahres Babel —
Gesetz und Ordnung außer Rand und Band,
Entsetzt des Amts hat sie den mächt'gen Abel
Und selbst ein Ministerium sich ernannt;
Hofordnung, Etikette, ward zur Fabel,
Denn diese Donna ohne Rang und Stand
Hält Cercle, gibt Soireen, und — Keiner faßt es —
Blickt stolz herab auf Damen des Palastes.


„In feinster Hoftracht und geschmückt mit Orden
Dort soll man huld'gen ihr in Devotion.
Auch mich, mein Prinz, den zu der Isar Borden
Fürst X. gesandt in heimlicher Mission,
(Ich bin bei ihm Geheimerath geworden)
Mehrmals zu ihrem Kreis mich lud sie schon
Doch der zweideutigen Aventuriere,
Der tugendlosen, dankt' ich für die Ehre.


„Allein — o die entsetzlichen Soireen! —
Erfahren Sie, was heut mir arrivirt!
Zu dem Minister wollt' ich eben gehen,
Da schreibt er mir, er sei sehr occupirt,
Doch hoffe, bei der Gräfin mich zu sehen
(Zur Gräfin also ward sie jetzt creirt).
Zugleich auch — die Bestürzung war enorm —
Traf ihre Ladung ein in bester Form.

„Was bleibt? Mir würde die Mission mißlingen,
Wenn ich nicht des Ministers Willen thäte;
So muß ich zu dem schweren Gang mich zwingen.
Abieu nun, Prinz! Ich darf mir wohl discrete
Aufnahme des Gesagten ausbedingen.
Noch im Hotel, wenn ich mich nicht verspäte,
Aufsuchen werd' ich Sie nach der Soiree;
Ich weiß, Nachtschwärmer waren Sie von je."


So Herr von Luchs; was half's, daß er sich sperrte?
Er ging. Der Prinz, ihm dankbar für sein Scheiden
Und tief erschreckt durch die Besuchs=Offerte,
Beschloß, das Wiedersehen zu vermeiden
Und eilte ins Odeon zum Concerte.
An Mozart hofft er dort, an Bach und Haydn
Sich zu erbau'n, ein Todfeind der monstrosen
Seiltänzerkunst moderner Virtuosen.


Mehr noch, als er gedacht, ward ihm geboten;
Kaum sich in seinen Lehnstuhl nieder läßt er
Und Haydns Scherzo an den ersten Noten
Erkennt er, wie sich über dem Orchester
Die Töne gaukelnd wiegen gleich Eroten;
Der D=Dur dann folgt ihre holde Schwester,
Die G=Dur=Symphonie; o welcher Brio,
Zumal in der Menuett mit ihrem Trio!

Dann Bach, der, Kind und doch Gigant zugleich,
Felsblöcke spielend thürmt in seinen Fugen,
Mozart, den aus des ew'gen Wohllauts Reich
Herab auf unsre Erde Genien trugen,
Schubert, Schumann, die Zwei, die lerchengleich
An unserm deutschen Lieberhimmel schlugen —
Sie spenden, lieblich bald und bald erhaben,
An diesem Abend ihre Wundergaben.


Ja, das ist andres, als die Modewaare
Italiens! Der Prinz bleibt bis zum Schluß,
Dann in die Nacht hinaus, die sternenklare,
Tritt er, noch ganz berauscht von dem Genuß;
Und, da der Geist im zwanzigsten der Jahre
Elastisch ist, faßt zu dem Genius
Der seine neu Vertrau'n, daß durch die weite,
Verworrne Welt er noch zum Ziel ihn leite.


Er wandelt durch die Stadt in wachem Traume,
Indem er auf zum klaren Himmel schaut,
Der tief, besprengt nur mit dem Silberschaume
Der Nebelflecken ihm zu Häupten blaut,
Und sel'ges Licht, du glaubst jenseits vom Raume,
Aus unermeßnen Fernen niederthaut;
Zuerst, seit er von Como's See geschieden,
Senkt wiederum in sein Gemüth sich Frieden.

Wie thöricht ist, ihr Menschen, eu'r Beginn!
Zum Südpol oder an die Wendekreise
Nach Rom, Venedig und zu Stambuls Zinnen
Und zum Niagara macht ihr die Reise,
Bestaunt am Nordcap und im Land der Finnen
Den langen Tag, der über ew'gem Eise
Nicht untergeht, doch seht, ihr Sinnbetäubten,
Der Nächte Wunder nicht zu euern Häupten.


Zu reisen braucht ihr nicht; selbst in Krähwinkel
Könnt ihr ihn schau'n, den funkelnden Azur,
Vor dem — erkennt's in euerm Eigendünkel! —
Jedwede Pracht der irdischen Natur
Und der Bramante Kunst, der Klenze, Schinkel,
In nichts versinkt. Wenn Sirius, Arktur
Am Himmel strahlt, Atair und Aldebaran,
O welcher andre Anblick reichte daran?


Indeß vom Thurm die zwölfte Stunde hallt,
Kehrt Nikolas durch menschenleere Gassen
In sein Hotel. Er fühlt die Nachtluft kalt
Und hat die Gasthofthür just aufthun lassen;
Was ist's, daß er zurück da plötzlich prallt?
Hastig herein zum Haus, sieh! leichenblassen,
Entstellten Angesichts, mit starren Blicken,
Stürzt Herr von Luchs; es scheint, er wird ersticken.

„Ich sterbe! geht, mir einen Doctor holen!"
So ächzt er jammernd wie in Sterbensqual.
Der Prinz, nachdem er Petern anbefohlen,
Zum Arzt zu eilen, führt ihn in den Saal,
Und Luchs, aufs Sofa sinkend, stöhnt in hohlen,
Angstvollen Lauten ein- ums andremal:
„Ich bin vergiftet! schuldlos, ich betheure,
Leid' ich den Tod! Arsenik war's, Blausäure!"


Der Prinz, besorgt den Armen zu erretten,
Netzt ihm die Stirn, damit der Krampf ihm schwinde
Und läßt ihn sanft aufs Kanapee sich betten.
Er löf't von seinem Hals die enge Binde
Und ruft: „Wenn wir doch nur den Doctor hätten!
Schickt nochmals hin! weckt alles Hausgesinde!"
Inzwischen fort und fort mit dumpfen Tönen:
Gift! Gift! hört er den Unglückfel'gen stöhnen.


Allmählig, oft dazwischen Ach und Weh
Noch seufzend, kündet ihm der Kranke dann:
„O die verwünschte, schreckliche Soirée!
Erst freundlich, daß sie ganz mein Herz gewann,
Selbst reichte diese Lola mir den Thee
Und blickte mich dabei holdselig an —
Doch, o die Schlange, die verrätherische!
Plötzlich erhob sie zornig sich vom Tische;

„Furchtbar, indeß ich dastand angstbeklommen,
Mich sah sie an mit Blicken, ingrimmsprüh'nd,
Und sprach: Ich habe, Herr von Luchs, vernommen,
Daß Sie auf mich zu schmähen sich erkühnt;
Doch soll der Frevel Ihnen schlecht bekommen!
In dieser Nacht noch wird die Schuld gesühnt;
Sie haben Gift; von spanischem Geschlechte
Nicht wär' ich, wenn ich mich nicht also rächte.“

Er schwieg.  Bald nur noch ängstliches Gewimmer
Vernahm der Prinz.  „Der schändliche Verrath!
Ich sehe, schlimmer wird's mit ihm und schlimmer;
Wo bleibt der Arzt so lang? Sein Ende naht“ --
Dacht' er, als eben endlich in das Zimmer
Der lang umsonst gesuchte Doctor trat.
„Schnell!“ stöhnte Luchs, und Gegengift auch gab
Sofort der Schüler ihm des Aesculap.

Aufrichten läßt vom Lager er den Schwachen;
Bald seine Wirkung zeigt das Antidot,
Und: „Sorgen brauchten Sie sich nicht zu machen;
Nichts hat Sie irgend mit Gefahr bedroht,“
Erklärt der Arzt mit unterdrücktem Lachen.
„Mit diesem Gifte hat es keine Noth! —
Rein war der Thee, bei meinem Ehrenworte,
Den Sie getrunken und von bester Sorte.

„Zur Stärkung jetzt nach diesem argen Schrecken,
Möcht' ich ein Beefsteak rathen; es ist spät;
Ich selber werde gehn, den Koch zu wecken,
Daß er sogleich ein saft'ges für Sie brät;
Dazu wird guter Punsch, ich denke, schmecken;
Das ist die vorgeschriebene Diät."
Also der Arzt; erstaunt sehn ihn die Beiden
Den Hut ergreifen und mit Lächeln scheiden.

Allmählig, freier athmend, wieder faßt
Der Todgeweihte sich; ihm ist, gewichen
Von ihm sei eines nächt'gen Alpes Last;
Und er, den Grabesfrost schon überschlichen,
Bald ladet er nun Nikolas zu Gast;
So bringt der Prinz am Schluß der lächerlichen
Comödie denn in einem Glase Punsch
Dem Dicken seinen Neugeburtstagswunsch.

Noch lange saßen Beide bei der Bowle
Und, als sich Luchs erhob, nach Haus zu gehn,
Sprach Nikolas: „Auf Cavalier=Parole,
Verschweigen werd' ich Allen was geschehn;
Mög' immer die Walkyre oder Wole
So günstig Ihren Schicksalsfaden drehn!"
Versteht sich, daß er vor Ermüdung tief,
Als Jener fort, die ganze Nacht durch schlief.

Am nächsten Tag, der Scene gleich von gestern,
Von der ihm Wüstheit noch im Kopf geblieben,
Gedenkt der Prinz und wie die Schicksalsschwestern
Durch jenes Weib ihr Spiel mit Luchs getrieben.
„Wie viel sie diese Spanierin auch lästern,
Beim Himmel! ich vergäb' ihr selbst die sieben
Todsünden, denn erfindungsreich, genial
Macht sie die Welt zu einem Lustspielsaal."

Und immer mehr kommt ihm von ihr zu Ohren,
Wie sie in Cultus eingreift und Finanzen,
Wie sie Minister absetzt, Professoren,
Wofern sie nicht nach ihrer Pfeife tanzen,
Wie Granden, die ihr gestern Haß geschworen,
Zum Handkuß heute gleich gebornen Schranzen
Sich bei ihr melden, und Hubertusrittern
Vor einem Blick von ihr die Kniee zittern.

In Wahrheit, meint er, in so monotoner
Periode, die der Kurzweil ganz entbehrt,
Dank schuldig sind ihr alle Erdbewohner,
Daß ihnen solches Schauspiel sie gewährt.
Neu zu des Mittelalters lang entfloh'ner
Glückfel'ger Zeit glaubt man zurückgekehrt
Zu sein; reicht es mit seinen Narrenfesten
Doch kaum an das, was sie uns gibt zum Besten.

Von Angesichte sie zu Angesicht
Zu sehn, bemüht er sich vergebens lange.
Da einst zur Abendzeit wird ihm Bericht,
In einer Loge, die im ersten Range
Des Hoftheaters reich mit Kerzenlicht
Und goldgeschmücktem Baldachine prange,
Sogleich sie könn' er sehn; es werde eben
Für sie ein Stück von Calderon gegeben.

Sofort, um Andalusiens holde Tochter
Zu schaun, vor deren Schönheitszaubermacht
Selbst ein Monarch sich beugt als Unterjochter,
Warf sich mein Prinz in elegante Tracht.
Schon in das Haus zu bringen kaum vermocht' er,
Dann an der Kasse gab es eine Schlacht,
Bis er am Ende nach erkämpftem Sieg
Mit dem Billet die Treppen aufwärts stieg.

Im Gehen hört er um sich flüstern: „Oben
In ihrer Loge ist die Lola schon!"
„Nein diese Gräfin! welche prächt'gen Roben!
Ihr Halsband kostet eine Million."
„Auf ihr Gebot — sie war schon bei den Proben —
Wird heut dieß Stück gespielt von Calderon."
Am Ziele angelangt, zuletzt vom Schließer
Die Thür der Loge für sich aufthun ließ er.

Der Vorhang war noch nicht emporgezogen,
Und nach der lichterhellen Loge sah
Ein Jeder, über die in breiten Bogen
Ein Baldachin sich spannte — wer saß da?
Sie war's, die unsern Prinzen so betrogen;
Des Comer See's Armida war es, ja! —
Durchbohrend fällt sein Blick auf sie; voll Schrecken
Sucht sie sich hinterm Fächer zu verstecken.


Zugleich entsteht ein Lärmen unten. „Wer
Spricht da so laut?" fragt man mit Ungeduld,
Doch ärger wird der Wirrwarr im Parterre
Und eine Stimme hallt durch den Tumult:
„Seht da das Weib, von dem mein armer Herr
So frech betrogen ward! Noch in der Schuld
Des Wirths mit vierzehntausend Franken steht sie,
Und wie sie jetzt hier groß thut! seht sie, seht sie!"


Dem alten Diener wirft der Prinz, dem groben,
Drohende Blicke zu: Narr! schweigst du bald?
Doch Peter achtet's nicht; die Faust erhoben,
Die wild er gegen Lola's Loge ballt,
Dasteht er immer schreiend, während Toben
Und Rufen durch das ganze Haus hinhallt;
Noch ärger lärmt es auf den Gallerien
Und räthlich scheint's der Gräfin zu entfliehen.

Bald in den tollen Stimmenwirrwarr mischen
Sich einzle Rufe: „Haltet ein Gericht
Mit diesem Weibsbild! Laßt sie nicht entwischen!
Werft in die Isar sie! nicht wasserdicht
Sind ihre Kleider!“ Wieder dann dazwischen:
„Still! Ruhe ist die erste Bürgerpflicht!“
Ertönt's, doch fort und fort wächst der Allarm;
Nach außen wälzt das Volk sich Schwarm an Schwarm.

Und tragisch nun zu werden droht die Posse;
Nach Haus mit den gepuderten Lakai'n
Rollt schon die Spanierin in der Karosse,
Und wüth'ge Schaaren folgen ihr und schrei'n:
„Steckt an ihr Haus, wo wie in einem Schlosse
Sie sich gerirt! werft ihr die Fenster ein!“
Mein Peter thut — es scheint vom Teufel sei er
Besessen — sich zumal hervor als Schreier.

Schon vor der Gräfin Wohnung tobt in Massen
Das Volk, zerschlagen sind bereits die Scheiben,
Und Peter — ganz von Gott ist er verlassen —
Brüllt: „Auf! kein Stein soll auf dem andern bleiben,“
Und immerdar heran noch durch die Gassen
Wälzt neues Volk sich; währt noch lang dieß Treiben,
Ach! dann, als wär's genug nicht des Affrontes,
Zu Leibe geht's der armen Lola Montes!

Von Nu zu Nu wird ihre Lage schlechter,
Schon an die Fenster legen Ein'ge Leitern;
Als Ruhestifter nah'n der Ordnung Wächter,
Die Polizisten, aber kläglich scheitern
Muß ihr Versuch; Steinwürfe, Hohngelächter
Empfangen sie; doch eine Schaar von Reitern
Sprengt da heran; die tapfern Kürassiere
Sind das, geführt von einem Officiere.


Den Platz zu räumen, lauten Rufes heischt
Der Hauptmann; abzustehn von Heldenthaten,
Wobei vielleicht ein Säbel sie zerfleischt,
Erscheint den Unruhstiftern nun gerathen;
Die Meisten weichen scheu; doch Peter kreischt:
„Ihr Feigen! eine Handvoll von Soldaten
Nur ist es! Auf, und laßt den Satelliten
Des frechen Weibes uns die Stirne bieten!"


Und einen Stein erhebend, sich wie toll
Geberdet' er; allein ihn übermannten
Zwei Polizisten leicht. „Nun, büßen soll
Er uns für alle diese Tumultuanten!"
Hört' er sie drohn und seine Galle schwoll,
Da man hinweg ihn schleppt' als Tumultuanten,
Allein was half's? So stets auf Erden flechten
Die Bösen Dornenkränze den Gerechten.

Inzwischen im Theater, wie vom Blitze
Getroffen, ist der Prinz zurückgeblieben;
Durch jeden Grad von Fieberfrost und Hitze
Wird wechselnd sein Gemüth hindurchgetrieben.
Er sieht nicht, wie sich leeren alle Sitze;
Daß man, des Stücks Vorstellung zu verschieben,
Genöthigt werde, sagt der Regisseur,
Doch dringt es nicht zu Nikolas' Gehör.


Wohl daß er lang noch dagesessen hätte;
Allein mit neuen Gliedern für und für
Umschlingt ihn seiner Abenteuer Kette,
Und plötzlich zu ihm durch die Logenthür
Tritt in der Amtstracht und mit Epaulette
Ein Polizist, der, höflich nach Gebühr,
Von ihm, daß er die Stadt verlasse, fordert.
„Sie zu begleiten bin ich streng beordert."


„Und was denn sind die Gründe so flagranter
Unbill? Ich bin von ehmals souverainer
Familie, vieler Fürsten Anverwandter."
Also der Prinz.  Höflich erwidert Jener:
„Nichts hier vermöchte selber Ihr Gesandter;
Von allen andern ein heterogener
Ist dieser Fall; nicht ziemt's so klugem Herren,
Sich wider Unvermeidliches zu sperren."

„In Bayern wohlgeregelt sind die Posten,
Und daß ich Sie zur Grenze escortire, —
Versteht sich wohl von selbst, auf Ihre Kosten —
Ward mir Befehl. Richtungen gibt es' viere,
Nach Norden, Süden, Westen oder Osten,
Wohin Sie reisen können. Ganz der Ihre
Bis morgen denn! Um vier Uhr in der Frühe
Bereit sein können Sie mit leichter Mühe."


Von Wuth schäumt Nikolas; doch was beginnen?
Artig begleitet ihn der Polizist
In das Hotel; unmöglich das Entrinnen;
Bis vier Uhr kurz gemessen ist die Frist;
Selbst packen muß er Kleider, Bücher, Linnen,
Da Peter nirgend aufzufinden ist.
Nun dieß und das noch; da — es ist zum Rasen —
Den Postillon schon hört er draußen blasen.


Vor Hast, nicht denkend, daß schon warm der Tag,
Anzieht er einen dicken Winterrock,
Der Polizeimann öffnet ihm den Schlag
Und setzt sich selbst bescheiden auf den Bock;
Und da, wie nebenbei bemerkt sein mag,
Der Kunststadt Pflaster schlecht ist, über Stock
Und Stein mit Stolpern rollt dahin der Wagen,
Zunächst nach Salzburg unsern Freund zu tragen.

Nicht denkt er in dem Wirrwarr seiner Seele,
Nach welcher Windesrichtung hin er reis't;
Verstopft in ihm sind sämmtliche Canäle,
Durch die Gedanken sonst bezog sein Geist
Und ach! wie ganz verklungen die Choräle,
Mit denen er, auf Erden so verwais't,
Die Einzige, das Urbild seines Traumes,
Gefeiert? Lebt sie nur jenseit des Raumes?


So kommt er zu des stolzen Oestreich Grenzen
Und in die Bischofstadt bei Abendroth.
Wohl thut's ihm, daß ihn mit Impertinenzen
Der Lola Polizei nicht mehr bedroht,
Allein, mag herrlich rings die Landschaft glänzen,
Mag, wie auf einem Berghem oder Both,
Gebirg und Thal sich in der Salzach spiegeln,
Er eilt, sich in dem Gasthof zu verriegeln.


Das Erste ist, daß er nach München schreibt,
Damit ihm Herr von Luchs den Diener sende;
Dann während er allein im Zimmer bleibt,
In dumpfem Brüten starrt er an die Wände.
Ach bittre Lehren Tag für Tag ihm reibt
Das Leben ein; an seiner Hoffnung Ende
Glaubt er zu stehn und wäre glücklich, würd' er
Nie eines Menschen Antlitz sehen fürder.

Doch als er in freiwill'ger Weltverbannung
Lang so gelebt hat als Anachoret,
Allmählig löf't sich seine Seelenspannung
Und wiederum vor seinem Geist ersteht
Sein altes Traumgebild, ihn zur Ermannung
Aus seinem Brüten mahnend. Noch zu spät
Nicht ist es. Wie bis an des Lebens Ende
Verzweifelt' er, daß er die Eine fände!

„Mir ahnt's, in weiten Fernen muß sie wohnen,
Die Göttliche, die mich im Traum umschwebt;
Nicht in Europa's düstern Regionen, —
Thor, der ich es geglaubt! — ist's, daß sie lebt,
Nein, ferne in des Orients goldnen Zonen,
Wo strahlend sich der Sonnenball erhebt
Und Luft und Erde tränkt mit Flammenbächen;
Wie mag ich säumen, dahin aufzubrechen?"

Nach München heischt er nochmals durch Depesche,
Nachfolgen solle Peter ihm in Eile;
Dann in den Koffer Kleider, Bücher, Wäsche
Selbst packt er ein. Gespannt sind schnell die Gäule,
Platz nimmt er in behaglicher Kalesche,
Wegsäule fliegt an ihm vorbei auf Säule,
Und bald vor ihm — schon Abend wird's und finster —
Aufsteigt der Thurm von Stephans Riesenmünster.

Oftwärts hinab den breiten Donauftrom
Denkt er zu schiffen auf dem Boot des Lloyd;
Allein, ob mächtig auch ihn sein Phantom
Von dannen zieht, wie hätt' er's nicht bereut,
Eilends an Hofburg, Prater, Stephansdom
Und Allem was die Kaiserstadt noch beut,
Vorbeizureisen? So im prächt'gen Wien
Beschließt er ein'ge Tage zu verziehn.


In nächster Frühe, als er von der Mitte
Des Grabens aufwärts nach dem Kohlmarkt geht
(Wichtig ist mir bei jedem seiner Schritte
Daß topographisch die Localität
Feststehe, was ich zu beachten bitte)
Hört er sich rufen: Nikolas! Er steht
Verwundert still, hört nochmals seinen Namen
Und schaut dorthin, von wo die Klänge kamen.


Von oben hoch, von einem Hausbalkone
Im dritten Stockwerk, traf der Ruf sein Ohr;
Er späht, nachsinnend, wer in Wien denn' wohne,
Der ihm bekannt, mit seinem Glas empor;
Neu tönt der Ruf und mit vertrautem Tone,
Zum Fenster schaut ein Frauenkopf hervor;
Und ja! täuscht ihn das Ohr nicht und das Auge,
Sie ist es, seine Schwester ist's, Aslauge!

Er eilt zu jenem Hause — Nummer neun,
Wenn richtige Berichte vor mir liegen —
Und steigt, die Zweifel mind'stens zu zerstreun,
Zur dritten der Etagen auf die Stiegen;
Da — denkt wie muß das Wiedersehn ihn freun! —
Ihm in den Arm sieht er die Schwester fliegen;
Mit ihr die unerwartete Vereinung,
Bedünkt ihn fast wie eine Traumerscheinung.


Hinauf ihn führt sie dann in ihr Gemach.
Die stolze Fürstentochter, ist es möglich?
Bewohnt ein enges Stübchen nah dem Dach,
Die Möbel und Tapeten wahrhaft kläglich!
Sie, die Bedürfnisse sonst tausendfach
Gehabt, die von Livreelakaien täglich
Bedient ward und von emf'gen Kammerfrauen
So dürftig nun? Darf man den Augen trauen?


Nachdem der Bruder in Erwartung lange
Sie angesehen hat, spricht sie zuletzt:
„Entsprechen will ich deinem Neugierdrange:
Prinzessin nicht, Frau Erich bin ich jetzt.
Gewiß, daß ich entsagt dem Fürstenrange,
Nicht tadelst du's, der nie ihn hoch geschätzt —“
„Du Erichs Gattin? Eher könnt' ich denken,
Daß Erd' und Himmel gleich in Trümmer sänken.

„Hat er nicht oft geklagt, mit stolzen Mienen
Als Vagabunden oder Roturier,
Der werth nicht sei, dich knieend zu bedienen,
Behandelt, Schwester, hätt'st du ihn von je."
„Ach, unsres Vaters thörichte Doctrinen!" —
Erwidert ihm Aslauga — „mir wird weh,
Zu denken, daß sie trotz der unerhörten
Bornirtheit mir so lang den Geist bethörten.

„Doch Amor, Bruder, ist der Gott der Götter!
Gedoppelt, dreifach durch der Liebe Macht
Fest jocht er an sein Siegsgespann die Spötter!
Er nahm vom Auge mir des Wahnes Nacht;
Gepriesen sei er mir als Seelenretter,
Der eine Gluth in meiner Brust entfacht,
In welcher, wie im Krater von Vulkanen,
Aufloderte der Stammbaum unsrer Ahnen.

„Erfahre nun, wie ich die Schuld bezahlte,
Die ich Verwegne gegen ihn gehäuft!
Zuerst lang, als mein Bildniß Erich malte,
Hatt' ich mich vornehm auf den Rang gesteift,
Allein ein wunderbares Etwas strahlte,
Das man nur ahnen kann, doch nicht begreift,
Aus seinen Augen, seinen tiefen, blauen,
Und ließ den Frost in meinem Herzen thauen.

„Wie unterm Eis am sonnenglanzerhellten
Lenztage Well' an Welle murmelnd quillt,
Bis sich die Decke löf't, so Anfangs selten
Entquollen Worte mir, doch sanft und mild.
Den Hochmuth ließ mich Erich erst entgelten
Und malte schweigend fort an meinem Bild,
Allein — klar wurde das aus manchen Zeichen —
In ihm begann die Starrheit auch zu weichen.


„Und als ich stammelnd dann von ihm begehrte,
Daß er die Zeichenkunst, die Malerei,
Der er sich selber widmete, mich lehrte,
Als offen ich ihm kündete und frei,
Wie ich die Kunst und ihre Meister ehrte,
Da war der Spannung letzter Rest vorbei;
Wenn er mit Bleistift zeichnen und mit Kreide
Mich lehrte, welche Wonne für uns Beide!


„Bald mit dem Pinsel auch und der Palette
Mich zu versuchen, gab er mir den Muth
Und sprach dabei: daß ich doch Flügel hätte,
Mit dir zu fliegen an die Wogenfluth
Der Adria, die Palma, Tintorette
Zu zeigen dir in ihrer Farbengluth
Und mit Rialto, Marcusplatz, Giudecca
Die hehre Dogenstadt, der Maler Mekka!

„Mit jedem Striche, jedem der Conture
Schlug höher auf der Herzen Gluth. Ich bin —
Betheuert' ich — fortan nicht die obscure
Prinzessin mehr, nein freie Künstlerin.
Und er gelobte mir mit heil'gem Schwure:
Auf ewig bin ich dein! Da nimm mich hin!
Nur Eines noch stand unserm Bund entgegen.
Nie hoffen durften wir des Vaters Segen.


„Eh'r würden ganze Heerden von Kameelen,
Ich glaube, durch ein Nadelöhr getrieben,
Als daß er faßte, wie ein Gott zwei Seelen
Durch seine Allmacht zwingt, daß sie sich lieben."
Sie spricht's, und Nikolas: „Geheim vermählen
Euch mußtet ihr, kein Ausweg ist geblieben."
„Ich that den Schritt nachdem ich lang gekämpft,"
Erwidert sie, die Stimme schmerzgedämpft.


„Sei ruhig! träte wider dich ein Kläger
Je auf, dich spräche das Gewissen quitt!"
Spricht Nikolas und eilt zur Thür in reger
Erwartung; auf der Treppe hallt ein Schritt
Und in den Armen liegen sich die Schwäger,
Da Erich eilends in das Zimmer tritt;
„O Freund, du liebster, den mein Herz gefunden —
Ruft Jeder aus — nun doppelt mir verbunden!"

Nachdem das erste stürmische Entzücken
Von den Umarmungen der edlen Zwei
Herabgesunken ist zu Händedrücken,
Zu fragen gibt es o wie mancherlei!
Der Prinz erzählt, wie von des Schicksals Tücken
Auf seiner Fahrt verfolgt er worden sei,
Und wieder Jene künden ihm des Nähern,
Wie ihre Flucht geglückt, zum Trotz den Spähern.

Wohl insgeheim den Schwager als Phantasten
Belächelt Erich, doch verlauten läßt
Er nichts davon. „Mit uns hier mußt du rasten!
Genießen wir dieß Wiedersehensfest!
Wir Zwei, die in Lausanne als Gymnasiasten
Schon Pylades wir hießen und Orest,
Und deine Schwester neben uns als Dritte,
Welch ein Trifolium! Also bleib, ich bitte.“

„Kein Aufenthalt auf Erden, deß sei sicher,
Ist schön, wie der in Wien! Auf allen Wegen
Schallt Jubel und Gelächter und Gekicher
Aus lust'gem Volksgetümmel dir entgegen.
Wie prangt in kaiserlich= und königlicher
Vollherrlichkeit die Stadt! Wie schön gelegen
Nicht ist sie an der blauen Donau Strande!
Trübsinn und Grillen sind hier Contrebande.“

Den Tag des Wiedersehns und seiner Freude
Als Festtag zu begehn, schlägt Erich vor;
Und nach Schönbrunn, entlang der Prunkgebäude,
Bald wandern unsre Freunde durch das Thor.
O wer den Park voll tropischer Gesträude
Erblickt, voll Palmen und voll Zuckerrohr,
In Asien glaubt er sich, in Polynesien
Und dankt ihr, die ihn schuf, Marie Theresien.

Der lieblichen Maria Antoinette
Auch denkt man hier; ihr Zauberparadies
Mit Laubengängen, Park und Gloriette,
Noch ihrer letzten Jahre Traum, war dieß.
Daß sie es nimmermehr verlassen hätte!
Wie mochte sie nach ihm sich in Paris,
Wenn vor der Kerkerthür sie die Hyänen
Der Guillotine heulen hörte, sehnen!

Bald durch den Park und bald auf der Terrasse
Hinschreiten unsre drei der Stadt Entflohnen,
Und mustern unter sich die Häusermasse
Des mächt'gen Wien; im Gasthof dann belohnen
Sie für ihr Wandern sich durch eine Tasse
Des Göttertranks, gebraut aus Mocca's Bohnen;
Allein Aslauga's Seele scheint nicht heiter,
Und, was ihr fehle, fragen die Begleiter.

„Noch wegen meiner Flucht fühl' ich's im Stillen
In meiner Brust wie einen Vorwurf pochen."
Der Bruder drauf: „Und eines Vaters Grillen
Uns fügen sollten wir, an Geist gebrochen?
Gegeben sollt' ihm sein, durch seinen Willen
Das beßre Selbst in uns zu unterjochen,
Daß wir anbeten seine goldnen Kälber?
Nein, schuldlos bist du, Schwester, wie ich selber."

„Mag sich der Fürst — fällt Erich ein — nur trösten!
Noch außer euch ja sind fünf Kinder sein
Und schon seit frühe ihren Seelen flößten
Den eignen Dünkel seine Reden ein.
Es müsse, lehrt' er sie, durch sie zum größten
Geschlechte Deutschlands einst sein Stamm gedeihn,
Und guten Boden fand er für den Samen;
Für ihren Hochmuth gibt es keinen Namen.

„Otto zumal ist solch ein Ausbund schroffen
Vorurtheils, daß man's nur mit Mühe glaubt;
Geformt sei er aus ganz besondern Stoffen,
Hat er aus Adelsbüchern ausgeklaubt,
Und, als ich ihn zuletzt im Park getroffen,
Hob er in Stolz und Hoffart so das Haupt,
Daß ich, obgleich er sonst ein guter Junge,
Den Dünkel ihm verwies mit scharfer Zunge.

„Dann Karl! bald Anspruch wird er unverhohlen
Erheben, daß wir ihm nur knieend nahn.
Gereist ist er, vom Kaiser der Mongolen —
Ich weiß nicht, oder ist's der Tartarchan —
Als Gattin eine Tochter sich zu holen.
Wohlan! Gelingen wünsch' ich seinem Plan
Und hoffe, seine Braut wird eine Riesin
An Geist und Schönheit sein, wenn auch Kirgisin.


„Mag er denn, mögen eure jüngern Schwestern,
Mag Max, eu'r Bruder, für den Stammbaum sorgen
Und euch Abtrünnige wie mich verlästern!
Wir wollen keinen Glanz von Ahnen borgen!
Vertrauend, hinter uns das dunkle Gestern,
Ausschauen laßt uns nach dem goldnen Morgen,
Wenn man nicht mehr in falschen Prunk sich kleidet
Und nur des Menschen Werth den Rang entscheidet!"


Am nächsten Tage dann im Belvedere
Bewundernd schauten sie der Bilder Krone,
Die Jungfrau Tizians, wie die rothe Beere
Sie aus der Rechten nimmt dem Gottessohne;
Sie sah'n Moretto's Wunderbild, das hehre,
Die weisen Morgenländer des Giorgione,
Und allumher, buntschillernd wie die Iris,
Die Rubens, Rembrandt, Gerhard Dow und Mieris.

Zu der Akademie Antikenfälen
Drauf führte Erich sie und sprach: „Du weißt,
Aslauga, deinen Bilderstudien fehlen
Die festen Zeichnungslinien noch zumeist;
Du mußt die Kraft an der Antike stählen,
Daß du den Gliedern sichern Umriß leihst;
Bestimmter wünsch' ich, fester ihn und schärfer,
Drum rath' ich, zeichne hier den Discuswerfer.


„Auch ich — so fiel ihm Nikolas ins Wort —
Hab' ehedem Lection bei dir genommen,
Und bilde gern noch in der Kunst mich fort,
Drum laß uns morgen mit den Mappen kommen!
Das Studium nach dem Niobiden dort,
Wird mir, wenn du mich unterweisest, frommen,
Denn, mag auch kurz nur hier mein Bleiben währen,
In wenig Zeit kann viel ein Meister lehren."


So kamen sie mit Tusche, Stift und Kreide
Und Jeder saß vor einem Marmorbild,
Jedoch der Prinz rief bald: „Zu meinem Leide
Seh' ich: da, wo es festen Umriß gilt,
Weitaus mir überlegen seid ihr Beide.
Allein zu lernen bin ich fest gewillt;
Ich bitte, corrigire streng mich, Erich,
Und denk, Quartaner auf der Schulbank wär' ich."

Doch Erich sprach: „Mein Wort will ich verpfänden,
Ich leite bald dich auf die rechte Spur;
Aslauga mag die Zeichnung hier vollenden,
Wir aber wollen uns an die Natur
Als an den Urquell aller Schönheit wenden;
Nichts, wie ich selbst als Schüler das erfuhr,
Kommt wahrlich gleich den sogenannten Akten —
Du weißt, so heißt das Studium nach dem Nackten.


„Ich höre, daß allhier in einem Saale
Akademie ein Italiener hält
Und als Modelle wahre Ideale
Von Gliederebenmaß und Schönheit stellt.
Man sagt, sehr dränge um die Piedestale,
Darauf sie stehen, sich die Schülerwelt,
Drum laß — sonst könnte Mangel sein an Plätzen —
Uns unsere bei Zeiten schon besetzen.“


Versprechend, bald sie wieder abzuholen,
Rückließen sie in der Akademie
Die junge Frau bei ihrem Diskobolen
Und eilten nach dem Saale am Glacis.
An breiten Tischen dort von Eichenbohlen
Schon ganze Schaaren Schüler finden sie,
Die in Erwartung ihre Stifte spitzen;
Sie selber nehmen Platz auf ihren Sitzen.

Und, schön wie der Apoll vom Vatikane,
Tritt in den Saal ein Jüngling als Modell —
Werth ihn zu malen, sind die Tiziane,
Die Palma nur. Zum Stift greift Jeder schnell —
In Götter=Nacktheit, so daß der Profane
Die Blicke senkt, steht er auf dem Gestell,
Allein was ist dem Prinzen? Er erblaßt,
Indem er näher ihn ins Auge faßt.


„Otto! — ruft er — doch nein! bin ich denn toll?"
Und plötzlich sieh! die Positur der Glieder,
In der er stand als delphischer Apoll,
Läßt das Modell; der Dirigent rückt wieder
Ihn in die Stellung, die er haben soll —
Doch vom Gestelle springt der Jüngling nieder
Und wirft sich hastig an des Prinzen Brust:
„Du hier, mein Bruder, hätt' ich das gewußt!"


Gelächter, das von Sitz zu Sitzen gellt,
Und Lärm des Staunens füllt den weiten Raum,
Indeß um Nikolas die ganze Welt
Sich wie im Kreise dreht; ist es ein Traum,
Daß er den Bruder so in Armen hält?
Allein noch haben sich die Beiden kaum
Gegrüßt, so tritt heran der Dirigent:
„Mein Herr, Ihr Platz ist auf dem Postament!"

Schon will sich Otto dem Befehle fügen,
Doch Nikolas spricht zu dem strengen Herrn:
„Wie viel kann Ihnen als Ersatz genügen?
Die Stücke Goldes hier und mehr, wofern
Sie mehr verlangen, zahl' ich mit Vergnügen.
Des Wiedersehens Stunde möcht' ich gern
Mit meinem Bruder feiern." — „Nun," sprach Jener
So stehe mir Modell ein Italiener!"


Da Otto also freigelassen war,
Einander lange in den Armen lag
Nochmals das brüderliche Prinzenpaar;
Allein nicht Einer von den Beiden sprach,
Die Lage war zu fremd, zu sonderbar,
Fast märchenhaft.  Zuerst das Schweigen brach
Prinz Nikolas: „Nein, theurer Bruder, sage,
Dich find' ich hier! und wie — in solcher Lage?"


Doch Jener steht verlegen da vor ihm,
Indem er stumm die Augenlider senkt —
Die ganze Scene wahrlich ist sublim,
Da keiner von den edlen Brüdern denkt,
Daß Otto dasteht im Naturcostüm,
Wie Phöbus, der die Sonnenrosse lenkt.
Lang hätte das noch so gewährt, ich wette,
Wenn Erich nicht das Wort genommen hätte:

Schac, Ebenbürtig.                                  8

„Prinz, nun genugsam hat man Sie bewundert;
Daß solche Tracht nicht Mode mehr, ist schade,
Doch denken Sie! im neunzehnten Jahrhundert
Stehn wir, nicht in der gleichen Olympiade!
Wenn man bis in die Nacht hinein burgundert,
Vielleicht verzeiht man solche Maskerade,
Doch so früh Morgens! — — Wollen auf den Gassen
Sie so sich als Apollo sehen lassen?"


Fort ritt des Fürsten Friedrich, wie kein Zweiter,
Von seinen Höhen jäh gestürzter, Sohn;
In kurzer Jacke drauf, wie ein Bereiter,
Mit hohen Stiefeln, engem Pantalon
Kehrt er zurück, verlegen aber heiter.
Noch wagt der Bruder — denn, wie vorher schon,
Sieht er ihn scheu die Augen niederschlagen —
Nicht nach dem Grund von allem dem zu fragen.


Er sagte, während er den Arm ihm reichte:
„Nun komm, daß wir dich zu Aslauga bringen,
Wie wird sie staunen! Aber dann uns Beichte,
Du Wildfang, schuldest du vor allen Dingen."
Auf Otto's Antlitz zeigte sich bald leichte
Erröthung und bald Blässe, als sie gingen
Und, vom Olympier degradirt zum Groom,
Er eintrat in das Götterheiligthum.

Erstaunt den Bleistift fallen läßt die Schwester,
Den Bruder kaum vermag sie zu erkennen;
„Bist du es wirklich, Otto, liebster, bester?
Doch wie soll ich den tollen Einfall nennen?
Mit Reitknechtmütze und in goldbetreßter
Sammtjacke du, so wie bei Pferderennen
Sich Jokeys kleiden? Wahrhaft unerklärlich
Scheint das; was ist geschehn? gesteh' es ehrlich!"


Doch Otto bittet: „Gebt mir damit Frist!"
Sie gehn, in ihre Wohnung ihn zu führen.
Dort denn, da Erich fortgegangen ist,
Und er im Zimmer mit verschloßnen Thüren
Bei den Geschwistern weilt, beginnt er: „Wißt —
So heb' ich an mit meinen Abentüren —
Ich war seit Kurzem in der Stadt der Spree
Secondelieutenant der preußischen Armee.


„Stolz fühlt' ich mich in meinem neuen Grade
Und pflog des Dienstes mit der resoluten
Absicht, der beste Lieutenant der Brigade
Zu heißen; nie beim Drillen der Rekruten
Lässig war ich noch bei der Wachtparade;
Daß ich Spieltische Abends dann, Redouten,
Cafe's besuchte oder bei den Zelten
Lustwandelte, wer will mich deßhalb schelten?

„Vor allem aber, was die Residenz
Des Schönen beut, war mir, dem Pferdekenner,
Das Lockendste, ihr denkt's, der Circus Renz.
Nicht die Bajazzi, die Kautschukmänner —
Solch Späßemachen, nur der Pöbel nennt's
Ergötzlich — doch die edeln Vollblutrenner
Entzückten mich; hat bei Olympia's Feier
Je schönere verherrlicht Pindars Leier?

„Doch bald auch ihrer hatt' ich Acht nicht länger,
Da eine Reiterin im Circus war,
Wie nie ein schön'res Weib ein Minnesänger
Für ihrer Augen Blau, ihr blondes Haar
Gepriesen hat — um's Herz mir warb es enger,
Wenn ich bei ihren Sprüngen in Gefahr
Sie sah; denn, ob an Zartheit auch Sylphide,
Tollkühn vor allen andern war Elfride."

Der Bruder droht ihm scherzend mit dem Finger
Und die Erzählung also unterbricht er:
„Sylphiden, Pindars Leier, Minnesinger —
Du wirst ja unversehens ganz zum Dichter
Bei deiner Schild'rung dieser Reifdurchspringer;
So viel vermögen Mädchenangesichter!
Ja, Otto, Amor ist der Götter Gott!"
So er, doch Otto hört nicht auf den Spott.

„Die Pulse schlugen mir in schnellern Takten —
Fährt dieser fort — wenn sie aufs Roß sich schwang,
Und fieberten, wenn durch die scharfgezackten
Stahlringe lachend die Verwegne sprang.
Mich ihr zu nähern in den Zwischenakten
Sucht' ich; doch bis es glückte, währt' es lang;
Noch hatte Keiner ihr durch Huldigungen,
Hört' ich, ein freundlich Wörtchen abgerungen.

„Einst aber mich, als nach vollbrachtem Ritte
Sie mir vorbeischritt, sah sie lächelnd an,
Hochathmend wagt' ich gegen sie die Bitte,
Nicht allzu viel zu wagen; ich gewann
Ein zweites Lächeln so und bald das dritte,
Und im Gespräche, das sich nun entspann,
Nicht achtend, daß ich sprach aus vollem Herzen,
Ein Füllhorn goß sie über mich von Scherzen.

„Ein Plätzchen außen wußt' ich zu erkunden,
Wo vor dem Ritte und wenn er vorbei
An jedem Abend flüchtige Sekunden
Ich mit ihr sprechen konnte, zeugenfrei;
Doch wenn ich sprach in Worten, tiefempfunden,
War ihre Antwort nichts als Neckerei:
Erst sechzehnjährig, toll und ausgelassen
Schien sie den Sinn der Worte nicht zu fassen.

„Einst setzte lachend meine Pickelhaube
Sie sich aufs Haupt und sprach: Ei, laß doch sehn,
Wie die mich kleidet; prächtig! nun erlaube
Die Uniform auch! gut wird sie mir stehn.
Nun Säbel noch und Portepee! Ich glaube,
Als Lieutenant wird das Heer mich nicht verschmähn.
Und wirklich als vollkommner Officier —
Ihr paßte Alles — stand sie da vor mir.


„Wir scherzten so noch, als mit einemmal,
Zum Ritt sie rufend, die Trompete scholl;
Da sprang sie lachend fort bei dem Signal;
Ich rief ihr: bleib, so bleib doch, bist du toll?
Doch fort war sie, o über den Scandal!
Und in den Circus, welcher übervoll,
Ihr stürzt' ich in der Geistverwirrung, ach!
So wie ich war, in Hembesärmeln, nach.


„Stellt euch die Scene vor, die hochbarocke,
Und welcher Spott sich über mich ergoß!
Mit meinem Portepee und Waffenrocke
Lautlachend sprengte sie dahin zu Roß,
Indeß ihr Haupthaar, Locke über Locke,
Auf Preußens Uniform herniederfloß —
Und ich, um den Hohnrufe rings erschallten,
Ihr Roß vergebens sucht' ich festzuhalten.

„Was mehr? Die militärische Carriere
Hatt' ich für ew'ge Zeit mir ruinirt,
Und das Patent, das mich in Preußens Heere
Zum Lieutnant schuf, ward nächsten Tags kassirt;
Selbst, glaub' ich, hätt' ich mit dem Schießgewehre
Aus dieser Welt hinweg mich expedirt;
Nur brachten an Elfride die Gedanken
Bei dem Entschluß mich wiederum ins Schwanken.


„Eh' ich für immer schiede aus dem Reich
Des Lichts, wollt' ich ihr sagen ohne Schonung,
Wie arg sie mich gekränkt durch diesen Streich;
War das für so viel Liebe die Belohnung?
Ich wäre hingestürzt zu ihr sogleich,
Doch Tags nicht lassen mocht' ich meine Wohnung;
Ich zitterte, mit Schande so beladen,
Vor der Begegnung eines Kameraden.


„Spät Abends harrt' ich denn an ihrer Thüre
Bis aus dem Circus sie nach Hause kam;
Noch war sie in der vollen Tanz-Parüre
Doch auf dem Antlitz lag ihr tiefer Gram,
Und sie betheuerte durch tausend Schwüre
Mit Schluchzen, das aus tiefstem Herzen kam,
Ein halber Wahnsinn habe wider Wissen
Und Wollen zu dem Schritt sie fortgerissen.

„Und aus den Worten, die sie weiter sprach,
Indeß ihr Thränen aus den Augen floßen,
Mit Staunen und mit Rührung nach und nach
Entnahm ich, wie, in tiefster Brust verschlossen,
Ihr Weh und Jammer fast das Herz zerbrach
Und wie durch wilden Ritt, durch Scherz und Possen
Sie nur den Gram der Seele übertäubte,
Die gegen diesen wüsten Stand sich sträubte.

„Als zartes Kind beraubt der Eltern schon,
War den Verwandten fern im Dänenlande,
Die sie durch Arglist und Gewalt und Drohn
Zu Diebstahl und Betrug und jeder Schande
Zu zwingen suchten, heimlich sie entflohn;
Daß man sie aufnahm in die Reiterbande,
Als Rettung ihr vor schlimmerem Verderben
Erschienen war's; doch wünschte sie zu sterben.

„Und wenn bei Tanzmusik und Schellenklingen
Sie hoch zu Rosse stand vor Aller Blicken,
Mit Lachen suchte sie und wilden Sprüngen,
Des Herzens große Trauer zu ersticken —
O Jene, deren Augen an ihr hingen,
Durch welches Elend ward nicht ihr Entzücken
Erkauft — die Nacht darauf in ihrer Kammer
Durchweinte sie in hoffnungslosem Jammer.

„Ich eilte von dem Bande sie zu lösen,
Das an die Reiter sie gefesselt hielt;
Und wie errettet aus der Macht des Bösen,
Deß, der dem Himmel frech die Seelen stiehlt,
Dankte mir knie'nd das wunderbare Wesen;
So froh, bei Gott, hab' ich mich nie gefühlt,
Wie da ich die Gerettete, Beglückte,
Emporhob, an die Brust voll Wonne drückte.

„Nicht in Berlin war ferner meines Bleibens;
Zum Vater — denn ich ahnte seine Wuth —
Zurückzukehren, mich nur mittels Schreibens
An ihn zu wenden, fehlte mir der Muth;
Von Briefen, drin er wegen meines Treibens
Mich schalt, besaß ich schon ein Convolut;
Was also blieb mir? Fernhin mit Elfriden
Zu fliehen, hatt' ich schleunig mich entschieden.

„So fanden wir denn innerhalb der Thore
Der Kaiserstadt ein freundliches Asyl,
Doch bald mit sehr gesunkenem Humore
Bedacht' ich in dem neuen Domicil:
Daß ich auf Eingang neuer Louisdore
Nicht rechnen könne; wenn ich sonst für's Spiel
Sie nicht geschont noch für die Equipage,
Wo blieb der Zuschuß jetzt und wo die Gage?

„Auf meine Seele legte sich ein Schatte,
Ich schlich dahin, das Herz von Sorgen schwer,
Und als Elfride — ach! die Arme hatte
Geglaubt, als Prinz sei ich auch Millionär —
Mich fragte: Sprich, warum ist deine glatte,
So junge Stirne nicht die früh're mehr?
Ihr sagt' ich, was mich quäle; aber heiter
Blieb sie und sprach von andern Dingen weiter.

„Doch bald schon wünscht' ich, daß mit sieben Siegeln
Ich ihr verschlossen das Geheimniß hätte;
Denn von dem Augenblick zu näh'n, zu bügeln,
Zu stricken hub sie an; vor Tag vom Bette
Erstand sie, ihren Fleiß nicht konnt' ich zügeln,
Und selbst die Nacht durch an der Arbeitstätte
Wach wäre sie bei ihrem Werk geblieben,
Hätt' ich sie von der Arbeit nicht vertrieben.

„Karg war der Lohn, den man ihr dafür bot,
Ich sah ihr Antlitz blaß und blässer werden
Und ihre Augen trüb und matt und roth;
Ihr Leben endlich mußte das gefährden;
Ich selber, uns zu helfen in der Noth,
That was ich konnte; Umgang mit den Pferden
Verstand ich und das Glück ließ mir's gelingen,
Als Stallknecht mich im Circus zu verdingen.

„Daß sie sich bei der Arbeit schone, innig
Bitt' ich seitdem Elfride jeden Tag,
Denn durch Modellstehn nebenbei gewinn' ich
Mir Ein'ges; auch das Springen nach und nach
Hab' ich gelernt und jetzt ein Künstler bin ich
Im Circusreiten; war's doch eine Schmach,
Stallknecht zu bleiben! Selber kommt, ich bitte,
Heut' Abend meine Kunst zu sehn im Ritte."

„Mein Otto, Bester! — fiel der Bruder ein —
Du weißt, die Mutter machte mich zum Erben,
Und Alles, was ich habe, ist auch dein!
Mir müßte Schamroth ja die Wange färben,
Ließ' ich dich also Circusreiter sein;
Mag der Director einen andern werben,
Dich aber, mög' es was es wolle kosten,
Entlassen soll er heut' noch von dem Posten."

Noch sprach er's; plötzlich da sprang Otto auf:
„Vom Stephansthurme hör' ich sieben Schläge
Und muß zum Circus fort im schnellsten Lauf."
„Bleib, Bruder, bleib! das hat ja gute Wege!"
„Nein, laß mich! bald wird der Billetverkauf
Beginnen und, daß ich die Bretter fege,
Die Pflicht hab' ich vom Stallknecht beibehalten;
Nachher muß ich die Reiterkunst entfalten."

Nicht halten läßt er sich und eilt von dannen;
Aslauga hielt in tiefen Kümmernissen
Das Haupt verhüllt und ihre Thränen rannen:
„Welch Weh, so tief gesunken ihn zu wissen!"
Indeß die Beiden, was zu thun sei, sannen,
Kam Erich auch dazu: „Komm mit! wir müssen
Gleich sehn, ob wir nicht den Director finden,
Er soll, er muß ihn des Contracts entbinden."

So Nikolas; mit Erich Arm in Arm
Eilt' er zur Bretterbude in den Prater,
Allein umsonst die Diener, den Gendarm,
Bei dem Director ihn zu melden bat er;
Zu Wagen strömt, zu Fuße, Schwarm an Schwarm
Die Menge schon in das Amphitheater,
Und seine Meisterschaft im Hengstdressiren
Will eben der Director produciren.

Eintreten Beide drauf, nachdem den strengsten
Befehl dem Diener sie zuvor ertheilt,
Er solle, wenn das Schauspiel mit den Hengsten
Zu Ende sei, sie melden unverweilt;
Doch plötzlich da — ihm ist in seinen Aengsten,
Das Herz sei in der Brust ihm festgekeilt —
Hört Nikolas, wie sie als Reiterhelden
Mit lauter Stimme Monsieur Otto melden.

Und in den Circus, sieh! als Tektosagen,
Als wilden Mann, auf ungezäumtem Pferd
Herein sieht er den tollen Bruder jagen,
Und hoch die Keule schwingen und das Schwert.
Ein breiter Balken wird herbeigetragen
Und kühnen Sprunges, wirklich ruhmeswerth,
Dreimal das Rund umkreisend in Carriere,
Hinvoltigirt er über die Barriere.

Von ringsher bringt in donnernden Applausen
Das Publikum ihm seine Huldigung;
Ein viertesmal — er gönnt sich keine Pausen —
Zum Satz dann holt er aus mit mächt'gem Schwung,
Doch — Nikolas verhüllt den Blick vor Grausen —
Fehl geht der allzu dreist gewagte Sprung,
Und auf den Boden häuptlings, jähen Falls
Stürzt Monsieur Otto hin, der Wagehals.

Da tönt ein Schrei, mit weh'nden Lockenhaaren
Zu dem Gesunknen eilt heran ein Weib,
Blond, blaugeaugt und jugendlich von Jahren,
Und wirft sich auf den regungslosen Leib —
Was schelten andre Völker wir Barbaren,
Wenn solche Spiele unser Zeitvertreib?
Ganz so den Römern dient' es zum Gelächter,
Daß sich zerfleischten die Arenafechter.

Ganz so in Spanien bei den Bullenhetzen
Wenn vor des wilden Stieres Hörnerstoß
Der Matador erliegt, von allen Plätzen
Erschallt der Jubelruf: „Famos! famos!" —
Doch dieß beiläufig hier! — Voll von Entsetzen
War Nikolas mit Erich athemlos
Herbeigeflogen zu dem Sinnbetäubten
Und kniete bei dem Weib zu seinen Häupten.


Doch der Director tritt heran, der grobe:
„Wenn er den Hals gebrochen hat, was geht's
Sie an? Hinweg! denn jetzt zeigt eine Probe
Von seiner Kunst Herr X. auf dem Trapez!"
Fort trägt man Otto drum in die Garbrobe,
Und Jene knieen sorgend um ihn stets;
Allein bald hier auch heißt es: schafft ihn fort!
Wollt ihr ihn pflegen, dieß ist nicht der Ort.


„Unmenschen ihr!" rief Erich voll Erbittrung! —
Jedoch was half's? man mußt' hinweg ihn bringen.
Der Arzt erklärte: „Die Gehirnerschüttrung
Ist schwer; noth thut für ihn vor allen Dingen
Ein luft'ger Raum bei dieser heißen Wittrung,
Dann, hoff' ich, wird die Heilung mir gelingen."
So gab denn Nikolas Befehl den Knechten,
Daß sie zu ihm in das Hotel ihn brächten.

Hoch wallt sein Blut, es ist, als ob es siede;
In kühlem Saale wird ihm drum gebettet,
Und unermüdet pflegt ihn dort Elfride,
Man glaubt sie an sein Lager festgekettet,
Sie schwört, es soll zu ihrem Augenlide
Kein Schlaf herniederthaun bis er gerettet,
Und wenn Auslauga eintritt noch so flüchtig,
Fast wegen ihrer wird sie eifersüchtig.

Nur ihr soll Otto die Genesung danken;
Bei Nacht und Tag hin über ihn geneigt,
Forscht sie, ob sich im Angesicht des Kranken
Ein Zeichen, das ihr Hoffnung gebe, zeigt.
So wie für ihn Genesung, Heilung schwanken,
So wie sein Leben sich bald hebt, bald steigt,
Also auch ihres; wär' er nicht genesen,
Des Todes Raub auch wäre sie gewesen.

Doch endlich da in seiner Augen Blau,
Nach welchem sie gespäht zu tausendmalen,
Aufdämmern sieht sie, wie durch Nebelgrau
Die Sonne leuchtet, des Bewußtseins Strahlen,
Und ihrer Augen Freudenthränenthau
Verkündet: nun für alle Müh'n und Qualen,
Die sie bestand in kummertrüben Nächten,
Reich ist belohnt sie von den Himmelsmächten.

Und als er ganz genesen sah den Kranken,
Sprach zu Elfriden Nikolas, die Hand
Ihr reichend: „Du, der wir sein Leben danken,
Die du gerissen ihn vom Grabesrand!
Nun auch vereinige — wozu noch schwanken? —
Mit dem Geliebten dich ein ew'ges Band!"
Er rief's und Otto, dem vom Auge warme
Dankthränen tropften, schlang sie in die Arme.


„Doch jetzt — so sprach Aslauga dann — vereinigt
Laßt uns ein Schreiben an den Vater richten,
Damit uns länger das Gefühl nicht peinigt,
Als Kinder hätten wir versäumt die Pflichten.
Von jeder Schuld, fürwahr, sind wir gereinigt,
Wenn wir ihn bitten, diesen Kampf zu schlichten
Und die zu segnen mit des Vaters Liebe,
Die nur gefolgt des Herzens mächt'gem Triebe."


So schrieben Otto, Erich und Aslauge,
Indem sie um des Vaters Segen baten;
Auch fügte Nikolas hinzu: „Ich tauge
Nicht für den Kreis der fürstlichen Agnaten;
Die Eine sucht, die Einzige, mein Auge,
Und find' ich sie, gern allen Majoraten
Entsag' ich, allen Titeln ihretwegen;
O Vater, dann auch hoff' ich deinen Segen!"

Der Brief ging ab, allein als bis zu Ende
Des Juli Antwort nicht gekommen war,
Vor Zeugen reichten feierlich die Hände
Elfride sich und Otto am Altar.
Das war der Tag der großen Sonnenwende
Von Mißgeschick zu Glück für unser Paar,
Und selig wohnten nun im engen Stübchen
Als Mann und Weib, die sonst nur Freund und Liebchen.


Zu Nikolas drauf sprach der junge Gatte:
„Du botest freundlich mir dein Alles an;
Doch so viel anzunehmen nur gestatte
Ich mir, daß ich ein Handwerk lernen kann.
Flieh'n wird von mir der Trübsal letzter Schatte,
Wenn Tag für Tag, ein tücht'ger Arbeitsmann,
Ich unbekümmert um der Väter Erbe
Den Unterhalt des Lebens mir erwerbe."


So ging, daß er das Steinmetzhandwerk lerne,
Zur Werkstatt Otto früh an jedem Tag;
Nachdem er dort sich, von der Gattin ferne,
Bis spät mit Hammer und mit Meißelschlag
Gemüht, wie pries er Abends seine Sterne,
Wenn er in den geliebten Armen lag!
Mit den Geschwistern auch wie frohe Stunden
Verlebt' er dann, die er in Wien gefunden.

Schack, Ebenbürtig.                               9

Oft auch gesellt sich Erich ihrem Kreise,
Den die Musik, die freundliche, verschönt;
Dem neuen Schwager, dessen stolze Weise
Er früher oft mit bitterm Spott gehöhnt,
Jetzt, da der Geist ihm von des Hochmuths Eise
Befreit ist, hat er völlig sich versöhnt;
Die Hand ihm reichend, scherzt er wohl: „Nun Otto,
Ist: immer standesmäßig! noch dein Motto?"

# Viertes Buch.

Vermöcht' ich doch, statt für die Druckerpresse
Zu dichten, wie es Brauch in unsern Tagen,
Auf Yemens stolzem Roß mit weißer Blässe
Arabiens Wüsten singend zu durchjagen!
Dann würden an der Kaba auf der Messe
Von Okaz meine Lieder angeschlagen
Und wohl für sie, eh' sie erblichen, fände
Sich ein Hamasa-Sammler noch am Ende.

Beneidenswerth auch ist der Lazzarone,
Der am Vesuv auf hohem Felsensitze,
Umleuchtet von des Berges Flammenkrone,
Bojardo's Mähren oder Berni's Witze
Den Hörern vorträgt bei Guitarrentone
Und, Kupfermünzen sammelnd, seine Mütze
Umherreicht in dem Kreis der Marinari;
Ihm stehn die Dichtungsactien über Pari.

Doch ach! bei uns, daß am Toilettentische
Ein Kreis von Damen seine Verse preis't,
Daß ein Justizrath in der Sommerfrische
Daran erquickt den actenmüden Geist,
Daß Confirmandinnen, die netten Fische,
Die man im Singularis Backfisch heißt,
Sie Nachts sich heimlich unter's Kissen legen,
Nicht höhern Ehrgeiz darf der Dichter hegen.


Und nun, anstatt nach Tasso's Vaterlande,
Statt nach dem Heimatland des Amrul Keis,
Weis't mich nach Prenzlau gar und seinem Sande
Der Muse peremtorisches Geheiß.
Fürst Friedrich, tief ergriffen von der Schande,
Die ihm die Kinder bringen, und zum Greis
Herabgewelkt, weilt mit gebrochnem Muthe
Nah jener Stadt auf seinem Ahnengute.


Nachdem sein Nikolas von ihm geflohen,
Die Hoffnung des durchlauchtigen Geschlechts,
Das links von den Germanischen Heroen
Abstammt und von den Eddagöttern rechts,
Schon sah er seinem Haus den Einsturz drohen;
Und ach! das Schicksal, mehr und mehr erfrecht's
Sich, an dem edlen Fürstenstamm zu rütteln
Und Frucht an Früchte vom Gezweig zu schütteln.

Aslauga gar mit einem Farbenkleckser
Vermählt, den er im Herzen oft geschmäht,
Er habe in der Tasche keinen Sechser,
All sein Besitzthum sei sein Malgeräth!
Und endlich ward die Lage noch complexer,
Denn wie sprach Otto aller Pietät
Für seines Hauses alte Tradition
Durch Flucht mit einer Circustänz'rin Hohn!

Um ihn als hoffnungslos Verlornen jammert
Der Vater, auch bevor er noch erfuhr,
Daß er in einer Steinmetz=Werkstatt hammert —
Sank je so tief die menschliche Natur?
Seitdem um Einen heißen Wunsch nur klammert
Sein Herz sich, Eine Hoffnung kennt er nur,
Daß Max zum mind'sten und die jüngern Töchter
Die Ahnen werden herrlicher Geschlechter.

Denn wie am Mittelmeer die Fee Morgane
Von ferne lockend winkt, doch in der Nähe
In Luft verschwimmt, so ging's auch mit dem Plane,
Den er auf Petersburg für eine Ehe
Des Prinzen Karl gebaut. Als Russomane
An ihm lang fest gehalten hat er zähe
Und einen Rechtsverständ'gen schon als Beirath
Erkoren für die projectirte Heirath.

Er wartete tagtäglich auf Couriere
Von seinem Sohne und vom Grafen Lorm,
Ja, daß der Kaiserhof das Prävenire
Zu spielen denke und in Uniform
Bei ihm als Ehpaktträger ein Baschkire
Erscheinen werde, dünkt' ihn nicht abnorm.
Zuletzt, um nicht mehr ungewiß zu bleiben,
Entschloß er sich nach Petersburg zu schreiben.

Doch keine Antwort kam; wie das erklären?
Erfind'risch war Fürst Friedrich im Vermuthen:
That Karl auf den Diners, die ihm zu Ehren
Gegeben wurden, allzu viel des Guten?
Mußt' unter Tatzen eines grimmen Bären
Auf einer Hofjagd er vielleicht verbluten?
So sann er täglich, welchen Grund es hätte,
Daß kein Bericht anlangte durch Staffette.

Dann wieder, während er die Tage zählt,
Die schon verschwunden, denkt er: längst versprochen
Ist Karl mit der Czarewna, ja vermählt,
Und Festlichkeiten gibt's ununterbrochen,
So daß es ihm an Zeit zum Schreiben fehlt
Bei seinen mondelangen Flitterwochen;
Auch mögen ihn, der zu den höchsten Würden
Befördert ward, Geschäfte überbürden.

Bisweilen aber fast in einem Kerker
Glaubt sich der Fürst. Der Unterschied wie schroff
Vom Rhein'schen Schloß zu diesem Ukermärker!
Wenn Winters hoch der Schnee bedeckt den Hof
Und eis'ge Winde pfeifen durch den Erker,
Behagen mag's dort einem Suwaroff,
Doch Jeden sonst, der nicht so decidirt
Eisbärnatur besitzt, natürlich friert.


Vereinsamt überdieß fühlt sich Fürst Friedrich;
Da unsre Zeit nicht Rang mehr schätzt noch Namen
Und Kenntnisse verlangt von hoch wie niedrig,
Muß leider Max für's Lieutenants=Examen
Sich präpariren — o wie standeswidrig! —
Indeß die Töchter sich, die jungen Damen,
Die Siegelinde und Gertrude heißen,
Des Piano und Französischen befleißen.


Daß sich ein heit'rer Kreis um ihn geselle,
Verschreibt drum aus der nahen Metropole
Der Fürst sich eine kleine Hauskapelle,
Und bald auch schon — gereich' es ihm zum Wohle! —
Zieh'n über seines öden Schlosses Schwelle
Mit Violine, Cello und Viole
Die jungen Musiker heran, im Geigen
Von Streichquartetten ihre Kunst zu zeigen.

Stolz aus dem Heiligthum des Cabinettes
Tritt Abends dann der Schloßherr in den Saal
Und gibt für das Beginnen des Quartettes
Alsbald mit einer Glocke das Signal;
Auf höh'rem Platz, der mittels eines Brettes
Gesondert ist vom übrigen Lokal,
Versammeln zum Concert sich die devoten
Tonkünstler mit den Heften und den Noten.

Zuerst mit einem steifen Complimente
Begrüßte der Herr Fürst die Musici,
Denn welche weite Kluft sie von ihm trennte,
Dem hohen Standesherrn, vergaß er nie;
Vielleicht dem Einen oder Andern gönnte
Er auch die Frage wohl: wie heißen Sie?
Doch daß von ihm zu ihnen streng bemessen
Der Abstand sei, ließ er sie nie vergessen.

Nur hier und da, wenn irgend ein Andante
Sein Herz bewegte mit dem süßen Moll,
Wenn feurig ihm zum Ohr das imposante
Allegro, scherzend das Menuett erscholl,
Vergaß er sich so weit, daß er bekannte:
Ein großer Mann, Beethoven! wundervoll!
Jedoch den Zusatz las man im Gesicht
Ihm gleich: mir ebenbürtig war er nicht.

An seiner Seite saßen beim Concerte
Die Kinder Max, Gertrude und Sieglinde,
An seinem Tisch auch deckte man Couverte
Für sie nur, da, wie gegen eine Sünde,
Sein Geist sich gegen den Gedanken sperrte,
Daß irgend Andre, die er dem Gesinde
Beizählte, Theil an seiner Tafel nähmen;
Müßt' er sich sonst nicht vor den Ahnen schämen?

Auch Emma lebte d'rum, die Gouvernante,
Bei Büchern und Klavierspiel und Gesang
Beinah wie eine aus der Welt Verbannte;
Obgleich sie bei den Töchtern Jahre lang
Bereits geweilt, doch nur von Ansehn kannte
Der Vater sie, denn seinen Stolz bezwang
Er kaum so weit, um einen Blick der Gnade
Ihr zuzuwerfen bei der Promenade.

Oft sagten ihm die Töchter wohl: „Talent
Wie diese Emma mögen Wen'ge haben!
Trefflich ist ihr französischer Accent,
Und — die geringste nicht von ihren Gaben —
Vorlesekunst besitzt sie eminent.
Du solltest sie, statt so dich zu vergraben
Und trauriger als deine Hintersassen
Zu leben, dieß und das dir lesen lassen!"

Doch er gab Antwort: „Kinder! nicht besäß' ich
Den Stolz, der mehr als Alles Fürsten ziert,
Wenn euerm Rath ich folgte! Wie vergäß' ich,
Daß mir dieß Mädchen tief subordinirt?"
Allein zuletzt, da lang er standesmäßig
Sich über alle Maßen ennüyirt,
(Selbst das Quartett half nichts dagegen) schmolz
So weit, daß er dem Rath nachgab, sein Stolz.


Verschrieben also wurden aus Berlin
Die neusten literarischen Producte,
Die, weil als Meisterwerke ausgeschrie'n,
Man hundertfältig druckt' und wieder druckte;
Wenn dazumal zu des Geschmacks Ruin
Das Publikum sie mit Begier verschluckte,
Greift jetzt nicht Eine Hand mehr in den Säckel,
Um sie zu kaufen; staubig ist ihr Deckel.


Berühmte ihr von heute, die der Laune
Des Tags ihr euern Ruhm verdankt, da seht
Eu'r künft'ges Loos! Des Tagesruhms Posaune
Ist für die Zukunft noch kein Schiboleth;
Man bricht Unsterblichkeit nicht so vom Zaune,
Glaubt mir, wenn man mit heis'rer Stimme kräht,
Der Lesewelt verwöhnte Nerven kitzelt
Und in ein Feuilleton Novellen kritzelt!

Kaum noch der Novellisten und der Sänger
Von damals kennt man Einen. Ein Jahrzehnt
Unsterblich waren sie, jedoch nicht länger,
Bei ihren Werken hat man dann gegähnt;
Erblickt in ihnen eure Doppelgänger!
Die sich die Meister ihrer Zeit gewähnt,
Verschlungen nun — und Viele waren besser
Als ihr — hat sie des Lethestroms Gewässer.


Die Nachwelt einzig ist der ächte Richter.
Wo ist mit seinen mystischen Karfunkeln
Nun Werner hin? Wo sind die Schicksalsdichter?
Doch Andre strahlten, die verkannt im Dunkeln
Gelebt, seitdem empor als helle Lichter,
Um firsterngleich durch alle Zeit zu funkeln.
Fouqué und Müllner haben Ruhm genossen,
Als Kleist sich in Verzweiflung todtgeschossen.


Aus Büchern, welche damals Mode waren,
Las also Emma, wie der Fürst befahl,
Ihm täglich vor — die Titel zu erfahren
Vermocht' ich nicht; Auflagen ohne Zahl
Davon in hunderttausend Exemplaren
Sind für die Mäuse jetzt ein leck'res Mahl —
Er gähnte unaufhörlich, aber fand
Der Ehre halber Alles amüsant.

In Wahrheit gab er wenig darauf Acht,
Denn schwer von Sorgen war sein Herz bekommen
Und ohne Schlummer lag er manche Nacht,
Da er von seinem Karl noch nichts vernommen;
Schon ward ihm der Gedanke nah gebracht,
Auf seiner Reise sei er umgekommen,
Denn immer wurde noch von einem Brautpaar
Am Petersburger Hofe nichts verlautbar.

Trüb' also trotz Musik und trotz Lectüre
Hin lebt' er bis der nächste Lenz begann,
Und einen neuen Faden die Walküre
Am Schicksal seines hohen Hauses spann.
Der Fürst vernahm vor seines Zimmers Thüre
Einst Morgens Streit, wie sein Lakai Johann
Den Eingang einem fremden Mann verwehrte,
Der heftig Zutritt zur Durchlaucht begehrte.

Das Lärmen wächst; dabei Gebell der Hunde;
Fortsetzen will den Fremden der Lakai;
Der Fürst, erstaunt, wer in so früher Stunde
Bis in sein Vorgemach gedrungen sei,
Tritt aus der Thür, und sieh! ein Vagabunde
In Lumpen, wohl der Haft der Polizei
Entsprungen, sucht sich Bahn zu ihm zu brechen.
„Hinweg mit ihm! welch unerhört Erfrechen!"

Es ruft's der Fürst; doch Jener drauf: „Durchlaucht!
Muß ich erst als Graf Lorm mich Ihnen nennen?
Hätt' ich den letzten Athem doch verhaucht,
Eh' ich's erlebe, daß Sie mich nicht kennen!"
Und wie der Fürst ihn anblickt, wirklich taucht
Ihm ein bekanntes Antlitz auf; es trennen
Aus fremder Maske sich die alten Züge;
Daß das Graf Lorm, fürwahr ist keine Lüge.


Sogleich nach seinem Sohn drängt sich die Frage
Auf seinen Mund; den Grafen mit der Faust
Packt er und ruft: „Verräther! Schelm! nun sage,
Der du mich anzusehn dich nicht getraust,
Was ward aus meinem Karl? Von Tag zu Tage
Hofft' ich umsonst Nachricht von ihm; mir graus't
Vor deinem Anblick, wie vor dem von Mördern;
Zum Hochgerichte werd' ich dich befördern."


„Weh mir, ruft Jener, muß ich ohne Mild'rung
Die Wuth des Schicksals bis zuletzt ertragen?
Am Leben ist Ihr Sohn, doch eine Schild'rung
Ist möglich kaum der Noth und tausend Plagen,
Die mich in diesem Zustand der Verwild'rung
Zuletzt versetzt! Zu den Anthropophagen,
Ja in die Hölle reis' ich künftig lieber,
Als zu den Russen — weh! ich habe Fieber!

„Auf Ihrem Gut, Durchlaucht, nur eine Hütte,
Ein Krankenlager gönnen Sie mir nur!"
Daß Wahnsinn heillos ihm den Geist zerrütte,
Vermeint der Fürst; weichherzig von Natur
Jedoch, wie sollt' er weigern ihm die Bitte?
Nach einem Arzte, daß er in die Kur
Ihn nehme, sendet er und räumt im Schlosse
Ein Wohngemach ihm ein im Erdgeschosse.


Den Dienern, denn er scheut sich vor dem Tollen,
Gibt er Befehl, daß sie ihn streng bewachen
Und ihm Zutritt zu ihm verwehren sollen;
Auch hüten die des Kranken Thür wie Drachen,
Doch da der Arzt versichert, daß er vollen
Bewußtseins sei, was läßt sich weiter machen?
Fremd ist dem Fürsten Alles, unverständlich,
Und, was gescheh'n, erfahren will er endlich.


Doch bleibt sein Herz von Sorgen noch beklommen.
Erlaubt die Etikette, Dem, der leider
So tief, unglaublich tief herabgekommen,
Audienz zu geben? Erst wird drum vom Schneider
Ihm Maß zu einem Staatshabit genommen,
Sodann, als Lorm die tiefzerlumpten Kleider
Mit einem Frack vertauschen kann, in Gnaden
Wird er zur fürstlichen Audienz geladen.

In aller Form hat Statt die Reception;
Dreimal verneigt der früh're Gouverneur
Sich tief und hebt so an mit dumpfem Ton:
„Durchlaucht vergönnen gnädig mir Gehör,
Doch weiß ich nicht, bei Gott, wie den Sermon
Beginnen oder enden, Monseigneur!
Was ich erlebt, ist über das Begreifen
Und scheint das Reich des Mythischen zu streifen.

Ins Wort fällt ihm Fürst Friedrich und begehrt
Nachrichten über seinen Sohn vor allen:
„Ihr Schweigen hab' ich daraus mir erklärt,
Daß unterwegs Unfälle Sie befallen,
Doch von der Fahrt nicht, die so lang gewährt,
Nein vom Empfange in den Kaiserhallen
Erzählen Sie, wie sie im Festschmuck prangten,
Als Sie mit Karl nach Petersburg gelangten.

„Wann seine Hochzeit ist, will ich erfahren,
Und ob er gleich, wie ich vermuthen muß,
Zur Kaiserlichen Hoheit von dem Czaren,
So wie zum Gouverneur des Kaukasus
Erhoben ward. Was Ihre Fata waren,
Berichten können Sie's mir dann am Schluß."
So er; allein, als ob er ihn nicht hörte,
Fährt also fort Graf Lorm, der sinnverstörte:

„O dieses Rußland! Eine Tigerhöhle,
Ein einziges Schaffot und Hochgericht
Ist es; und, wenn Gott selber mir beföhle
Dahin zu reisen, wahrlich thät' ich's nicht,
Nein ließe eher mit dem letzten Oele
Mich salben. Podagra wünsch' ich und Gicht,
Die dort bei den Mongolen, den Tartaren
Ich mir geholt, dem Volke von Barbaren!"


Der Fürst fällt ein: „Es will mir nicht geziemen,
Sie anzuhören! Wie? ein Apostat
Sind Sie von ihren eignen Rechtsmaximen
Und schmähen Rußland, jenen Musterstaat?
Wird hochgeehrt von allen legitimen
Monarchen nicht der mächt'ge Autokrat,
Und schlossen, um wie er patriarchalisch
Zu herrschen, sie nicht einen Bund in Kalisch?"


Darauf Graf Lorm: „Nur auf vollständ'ge Data,
O Fürst, fällt der Gerechte sein Verdict;
Darum vernehmen Sie des Prinzen Fata,
Seitdem Sie auf die Brautfahrt ihn geschickt;
Als ohne Beispiel stehn sie in der That da.
Sogleich, als man an Rußlands Gränzdistrikt
Uns führte zu dem ersten Paßbureautisch,
Erkannt' ich: Willkür herrscht dort allbespotisch.

„Doch ich verwirre mich. In Huld ergänzen,
Fürst, werden Sie was mir an Klarheit fehlt.
Von vorn an denn! Prinz Karl, als Rußlands Gränzen
Wir nahten, sah, von Freude ganz beseelt,
Im Geist schon Kiews goldne Kuppeln glänzen
Und mit der Kaisertochter sich vermählt;
Er kniete hin, dem Reich der Moskowiten,
Dem langersehnten, seinen Gruß zu bieten:


„Heil, Land der Herrschermacht, der absoluten,
Das dem legitimistischen Princip,
Indeß im Sturm die andern rathlos fluten,
Allein ein fester Hort auf Erden blieb." —
Er rief es und, von Freude strahlend, ruhten
Auf Rußlands Farben, ihm vor allen lieb,
Die Augen ihm, als er zum erstenmale
Sie leuchten sah an dem Barrierenpfahle.


„Auf einmal da, Durchlaucht'ger, wie Harpunen
Auf einen Wallfisch in des Nordens Meer,
Auf ihn gerichtet sah ich bei Eydtkuhnen
Der Bajonette hundert oder mehr.
Ich schrie: „Hält man für einen Volkstribunen
Den Prinzen? Auf der Brautfahrt kommt er her;
Daß Hand an ihn man legt, ist ein flagranter
Rechtsbruch, und rächen wird es sein Gesandter.

Schack, Ebenbürtig.                    10

„Lernt erst, was Sprossen ältester Geschlechter,
Was deutschen Prinzen an Respect gebührt!"
Ich rief's; allein die Antwort war Gelächter.
In einen Hofraum werden wir geführt
Und sehen einen Haufen Halbbezechter
An einem Feuer, das man emsig schürt;
Dort ihn — hochauf beginnt mein Blut zu sieben —
Und mich in Eisenketten will man schmieden.


„Hier ist ein Irrthum! holt den Commandanten!
Ruf' ich und kann vor Wuth kaum Athem holen.
Da vor tritt Einer, und in fulminanten
Zornworten spricht er: „Ich hab' es befohlen,
Zu gut nur kenn' ich Sie als Tumultuanten;
Zum Aufruhr haben Sie gehetzt die Polen,
Kaum aber sah'n Sie die Entdeckung drohen,
So sind nach Preußen Sie geheim entflohen."


„Verleumdung! Lüge! Ueber alles Maß
Geht das hinaus! schrie ich; so respectiren
Sie doch den preußischen Regierungspaß!"
Doch er lacht laut: „Mit solcherlei Papieren
Bleibt mir zu Haus! Ich kenne den Ukas
Allein, der mir befiehlt, zu vigiliren,
Daß Keiner uns der Revolutionäre
Entgeht; und nun genug von der Affaire!"

„Der Prinz ruft wüthend: „Die ihr an der Werbung
Um die Czarewna so mich hindern wollt,
Wißt, daß in meinen Adern durch Vererbung
Das Blut Wodans und der Gepiden rollt,
Daß hochconservativ wie ich von Färbung
Kein Andrer ist." — Allein nicht Mitleid zollt
Man ihm; bald sieht er, da ist nichts zu machen;
Was er auch sagt, man hört ihn an mit Lachen.


„Ich bei dem Allen glaubte bald verrückt
Zu sein und fühlte Fieberfrost mich schütteln,
Bald wollt' ich schreien, wie vom Alp gedrückt,
Man möchte aus dem grausen Schlaf mich rütteln.
Bei uns stand ein Soldat, das Schwert gezückt,
Und unser Jeder ward umringt von Bütteln,
Die beide Arme fest mit Eisenringen
Uns fesselten, an denen Ketten hingen.


Wir wollten schrei'n, doch konnten einzig stöhnen;
Der Worte jedes ward erstickt von Röcheln.
„Geduld! Sie werden sich daran gewöhnen,
Nur ruhig!" sprach der Commandant mit Lächeln
Und noch auf seinen Wink, das Werk zu krönen,
Mit Eisenreifen an der Füße Knöcheln
Belastet wurden Beide wir, die mitten
Bis in der Knochen Mark uns schmerzhaft schnitten.

„Dann — und wie Fieberkranke in Delirien
Sah ich die Welt sich wirbelnd um mich drehn —
Erscholl der Ruf: „Nun auf! fort nach Sibirien!"
Und uns mit Hieben zwang man aufzustehn;
„Wenn es Sie trösten kann, gern an die Ihr'gen
Bestell' ich einen Gruß; auf Wiedersehn!"
Rief noch der Commandant dem Prinzen nach,
Als vor der Hofthür er zusammenbrach.


„Nicht gehen ließ sich bei der Ketten Last,
Allein ein stämm'ger Kerl kam uns zu packen
Und trug in die Kibitke uns in Haft.
Drin sitzen mußten wir mit krummem Nacken,
Ein Zwerg ja hätte kaum hinein gepaßt;
An jeder Seite hielten zwei Kosacken
Und um uns scholl's: „Sie sind ja nicht die Ersten!
Glück auf die Reise von dreitausend Wersten!"


„Ein geller Pfiff sodann, und vorwärts sausend
Bei Peitschenknallen ging's wie der Orkan.
Ein Tag, den wir, in diesem Käfig hausend,
Zerrissen von der Ketten scharfem Zahn
Verbrachten, o schien länger uns als tausend,
Und, wenn man Rast uns, denn man war human,
Verstattete, so dienten, um das Grausen
Der Fahrt nachher zu mehren, nur die Pausen.

„In wilder Wuth die beiden Fäuste schlug
Ich, bis sie wund, an der Kibitke Wände.
Halt, halt! Barmherzigkeit! es ist genug!
Schrie ich, und streckte flehend aus die Hände,
Doch weiter, immer weiter donnernd trug
Der Wagen uns, als ging's ans Weltenende,
Und das Geroll, vom Haupte bis zur Stirne
Hinzitternd, hallte wieder im Gehirne.

„In Dörfern, wenn am Weg sich Menschen fanden,
„Helft!" riefen wir, „schuldlos sind wir bei Gott!"
Doch unsre Worte wurden nicht verstanden,
Sie hatten Haß allein für uns und Spott
Und hielten uns in unsern Eisenbanden
Für arge Frevler, reif für das Schaffot,
Ja wünschten wohl, mehr noch von solchen Räubern
Und Mördern möge man die Gegend säubern.

„So Tag und Nächte vorwärts weit nach Norden
Gelangten wir in unwirthbare Strecken,
Durchstreift von der Burjäten wilden Horden:
Da kamen zu den alten neue Schrecken;
Tief Winter war es dort bereits geworden
Und allhin lagen schon die Eisesdecken;
Allmächtig schien in jenen Regionen
Der Tod, der grause Autokrat, zu thronen.

„Durch Oeden, selber im August nicht schneelos,
Fort ging es ohne Rast; wie war mir da,
Wenn ich den Prinzen, statt in Zarsko-Selos
Prachtsälen, neben mir in Ketten sah!
Erliegen müßt' er solchem Elend fehllos,
Dacht' ich und glaubt' ihn oft dem Tode nah —
O vor dem Anblick schwand mein eignes Leiden;
War er doch der unseligste von Beiden.


„Vertauscht ward die Kibitke mit dem Schlitten,
Das Roßgespann mit ungeheuren Hunden;
Die Wächter, die an unsrer Seite ritten,
Lös'ten sich ab, sie trugen es nur Stunden;
Jedoch wie lang wir so dahingeglitten,
Aus dem Bewußtsein ist es mir geschwunden;
Nicht weiß ich, ob es Wochen, Monde waren,
An Schrecken wurde jeder Tag zu Jahren.


„Und dann die Nächte erst, wie grausenvoll,
Wenn durch den Sturmwind, der den Schnee in Säulen
Aufwirbelte, vor dem Gefährt wie toll
Die Hunde schnoben und das heis're Heulen
Blutgier'ger Wölfe um uns her erscholl;
Rechts, links und hinter uns in schwarzen Knäulen
Sah'n wir der Bestien Rudel und durchs Dunkel
Der gier'gen Augen röthliches Gefunkel.

„Uns stand das Blut erstarrt in allen Venen;
Sieh! nah schon sind sie! wie ihr Zahngebiß
Weiß durch die Nacht blitzt! wie die Rachen gähnen!
Schnell vorwärts, sonst ist uns der Tod gewiß! —
Doch war's nicht besser, daß mit seinen Zähnen
Uns solch gefräß'ges Ungethüm zerriß,
Als daß fürs Ende der Entsetzensfahrt
Zu schlimmerm Loos wir wurden aufgespart?

„Ein Mörder nur — Fürst, ich betheur' es Ihnen —
Wenn in der Nacht, wo sein der Henker harrt,
Der Höllenabgrund ihm im Traum erschienen
Und jede Fiber ihm vor Schreck erstarrt,
Macht sich ein Bild vom Grau'n der Bergwerkminen,
Wohin Ihr Sohn mit mir verurtheilt ward.
Nertschinsk — kein Wort, das grausiger erschölle
Kenn' ich — Nertschinsk nur ist die wahre Hölle.

„O Fürst, um Gott! bedenken Sie das Eine:
Der Prinz, so herrlichem Geschlecht entstammt,
Von dem Sie wähnten, daß beim Kerzenscheine
Im Kaiserschloß er tanze, dort verdammt
Ward er zum Schleppen schwerer Erz' und Steine
Und ich mit ihm. Die Fabeln allgesammt,
Die Schreiber von Romanen wohl erfinden,
Vor solcher Wahrheit müssen sie verschwinden.

„In Sträflingstracht und schweren Eisenklammern,
Von scharfen Ketten Hand und Fuß zernagt,
Hinab in jene unterird'schen Kammern
Uns stieß man, wo ein Morgen nimmer tagt
Und Wehruf nur erschallt, Geächz und Jammern,
Daß selbst dem Muthigsten das Herz verzagt;
Dazwischen Flüche, wüster Lieder Singen
Von Wächtern, die die eh'rne Geißel schwingen.

„An Stollenwänden hin, an deren Schwärze
Sich Qualm hinzog, wie aus dem Höllensud,
Dort schleppten wir beim Licht der Grubenkerze
Die Bürden, die der Treiber auf uns lud,
Schlacken Metalles, zack'ge Steine, Erze;
Und, wollten stillen wir der Wunden Blut,
Schon harrten unser — nie ließ man uns rasten —
Daß wir sie schleppten, neue Centnerlasten.

„So oft uns matt die Glieder auch erschlafften,
Aufjagte wieder uns der Schrecken bald,
Denn in den Schlünden, welche ringsum klafften
Sah'n wir Unthiere, riesig von Gestalt,
Skelette von versteinten grausenhaften
Scheusalen, Schlangen, wirr zum Knäul geballt;
Uns war, als wenn sie ihre Glieder reckten
Und mit den gier'gen Zungen nach uns leckten.

„Wohl, am Gestein das Haupt uns zu zerschmettern,
Versuchten wir, doch hatten nicht die Macht;
Den Erddämonen, wenn in Grubenwettern,
Ihr Zug verheerend ging von Schacht zu Schacht,
Oft wohl zujauchzten wir als unsern Rettern:
Kommt und begrabt uns in die ew'ge Nacht!
Doch uns vorbei — wir fanden nicht Erhörung —
Zogen sie auf dem Pfade der Zerstörung.


„Nicht Trank bot man am Tag uns dar noch Speise;
Scholl Abends dann der Ruf: es ist genug!
So klommen wir die Schachte, Kreis' auf Kreise,
Empor, bis Schneeluft uns entgegen schlug;
Und über Felder, starr von ew'gem Eise,
Heimtrieb die Sträflinge in langem Zug
Der Wächter Chor, um bald zu neuen Schrecken,
Noch eh' der Morgen anbrach, sie zu wecken.


„Der arme Prinz! Mehr, als ihm zuzumuthen
Bei seiner Jugend, ward ihm auferlegt,
Wenn ich die Treiber mit den Eisenruthen
Ihm drohn sah, oft rief ich wilderregt:
„Mich, mich laßt unter euren Streichen bluten!
Mir ladet noch die Last auf, die er trägt!"
Bang war mir, daß der Jugendliche, Zarte,
Ein Leiden trüge, das man mir ersparte.

„Wir zählten lang uns schon zu den Verlornen;
Wie ließ sich hoffen, daß man jemals frei
Uns geben werde? Uns der Ungebor'nen,
Der Todten Schicksal wünschten wir herbei.
Auf einmal da ward kund, daß von Verschwornen
Ein Plan zum Aufstand angezettelt sei,
Und ob nun wahr ob Lüge die Entdeckung,
Schnell folgten Urtheil und Gerichtsvollstreckung.


„Obgleich von hundert Wächtern streng behütet,
Beladen mit der Eisenketten Wucht,
Doch, hieß es, hätten sie den Plan gebrütet
Zum Mord der Hüter und zu eigner Flucht.
Drum mitleidlos ward wider sie gewüthet
Und an dem Eingang in die Bergwerkschlucht
Erschoß man jeden, welchen ein Verräther
Angab, als Complotteur und Missethäter.


„Vor Tag, wenn man uns in der eisigkalten
Dämm'rung zum Schacht trieb, beim Vorüberschreiten
Sah'n wir Gericht die Willkürschergen halten;
Wir sah'n an Pfählen stehn die Todgeweihten,
Wir hörten wie die Flintenschüsse knallten
Und priesen als beglückt die so Befreiten.
Auch uns einst Abends vor den Gouverneur
Hinführte man; wir glaubten, zum Verhör.

„Nun, dachten wir, würd' unser Elend enden;
Die Todesstrafe war uns angedroht,
Wenn, Briefe in die Heimath zu entsenden
Wir wagten; dennoch, trotzend dem Verbot,
Hatt' ich versucht, mich, Fürst, an Sie zu wenden
Und ebenso der Prinz, drum, auf den Tod
Gefaßt, zum Gouverneur hintraten wir
Und einzig: macht es kurz! ihn baten wir.


„Er aber winkte; mir nahm ein Gensdarm
Die Ketten, die so lang an mir geklirrt,
Auf sein Geheiß vom Fuße und vom Arm,
Und ihm ins Antlitz starrt' ich sinnverwirrt,
Indeß er sprach: „Wir suchten einen Larm,
Sie heißen Lorm, wie uns berichtet wird;
Man hatte a statt eines o gelesen,
Verzeihen Sie! ein Irrthum ist's gewesen."


„Dann von den Fesseln ward der Prinz befreit
Und also sprach der Gouverneur: „An Zügen
Herrscht zwischen Ihnen große Aehnlichkeit
Und einem Sohn Dembinski's; mit Vergnügen
Zu constatiren bin ich jetzt bereit,
Daß Sie ein Andrer sind und werd' es rügen,
Daß die Beamten das Versehn begangen;
Dembinski's wahrer Sohn ward schon gefangen.

„Sie können reisen nun, wohin sie wollen,
Adieu! — jetzt führt den Deliquenten vor!"
Er sprach's und winkte uns zu gehn. Gleich Tollen
Hinschritten wir durch das Soldatencorps.
Wohl unsern Sinnen war das Wort erschollen,
Doch dachten wir: getäuscht hat uns das Ohr,
Es kann nicht sein! — Erst nach und nach zu fassen
Gelang uns, daß wir wirklich freigelassen.

„Was konnten wir nun thun? Nach Hause schreiben,
Daß man uns Mittel für die Heimfahrt schicke,
Und, sie erwartend, in Sibirien bleiben?
Nein, besser als dort auch nur Augenblicke,
Noch zu verweilen, schien's sich zu entleiben;
So traten wir, vertrauend dem Geschicke,
Den Heimweg an mit unsrer Habe Resten;
Vieltausend Werste ging er gen Südwesten.

„Wie wir dann hin durch unwirthbare Zonen
Geirrt, die kaum zuvor ein Fuß betreten,
Wie uns in jenen wüsten Eisregionen
Vom Tod gerettet schweifende Burjäten,
Wie wilde Stämme, die am Ural wohnen,
Wir bettelnd um Barmherzigkeit gebeten,
Verstatten Sie mir, Fürst, davon zu schweigen!
Mein Antlitz mag, was ich erlebt, bezeugen.

„Auf Knieen priesen wir die Himmelsmächte,
Als nach und nach der eis'ge Boreas
Nachließ und nun die Fackel unsrer Nächte,
Der blut'ge Schein des Nordlichts, mählig blaß
Und blässer wurde. Jenem Land der Knechte,
Noch schwuren wir beim Abschied ew'gen Haß.
Brich, Ocean, die Deiche, die dich dämmen,
Vom Erdenboden es hinwegzuschwemmen!


„Doch mir selbst war zu groß die Wuth des Prinzen;
Ich fürchtete Gefahr, wenn laut und scharf
Er seinem Grimm Lauf ließ und schmäh'nd die Münzen,
Drauf er des Czaren Bild sah, niederwarf.
Vor Allem in den polnischen Provinzen,
Wo man kein freies Wörtchen wagen darf,
War ich besorgt; erst als die Grenzenpfähle
Ich sah, ward mehr beruhigt meine Seele.


„Allein — Durchlaucht, wie soll ich's Ihnen künden? —
Auf deutschem Grund nicht hindern konnt' ich ihn,
Mit den Verschworenen sich zu verbünden,
Die Tag für Tag aus Polen dahin fliehn,
Um neu von dort den Aufruhr zu entzünden;
Die Sache wurde ruchbar in Berlin,
Und jetzt zu Graudenz innerhalb der Wälle,
Fürst, seufzt Prinz Karl in dunkler Festungszelle."

Der Fürst, als er's vernahm, stand wie vernichtet;
So sehr nicht von dem Leiden, das sein Sohn
Ertragen — meistens schien es ihm erdichtet —
Ward er gerührt, allein o Schmach und Hohn!
Daß der, der seinen Blick so hoch gerichtet,
Den er schon nah gewähnt dem Kaiserthron,
Gesunken nun zum Revolutionäre,
Welch schwarzer Fleck auf seines Hauses Ehre!

Als Kainsmal erscheint es ihm, und brennen
Muß es für ewig auf des Freblers Stirne.
Er schwört, Karl minder noch hinfort zu kennen,
Als Otto, der sich einer Tänzerdirne
Vermählt, ja seinen Namen nie zu nennen. —
Lang stand er so mit schwindelndem Gehirne
Und ließ den Grafen Lorm auf Antwort harren;
Das Wort auf seinem Mund schien zu erstarren.

„Das Herz hat Ihr Bericht mir, Graf, zerschnitten" —
So redend bot er endlich ihm die Hand —
„Sie haben viel, ich glaub' es gern, gelitten,
Seit ich auf jene Reise Sie gesandt;
Allein um Eins muß ich Sie dringend bitten:
Schmäh'n Sie mir deßhalb nicht das edle Land!
Rußland bleibt alles dessen unbeschadet
Ein Musterstaat, vom Himmel hochbegnadet."

„Kann man denn in der Revolutionäre
Verfolgung jemals allzu eifrig sein?
Zwar wer um deßhalb Leiden von der Schwere,
Wie Sie, ertragen hat, das leuchtet ein,
Mag kurz verstimmt sein, aber sich zur Ehre
Anrechnen wird er die erlittne Pein;
So, wie das selbstverständlich, ziemt's dem Christen
Und, was identisch, dem Legitimisten."


Noch dieß und jenes wollte Lorm erwidern,
Jedoch Fürst Friedrich schnitt ihm ab das Wort.
„Herr Graf! ich schätze Sie von je als biedern,
Achtbaren Mann — so fuhr er höflich fort —
Besuchen Sie, auf daß aus Ihren Gliedern
Die Gicht entweiche, einen Badeort!
Die Mittel geb' ich Ihnen, die Sie brauchen,
Damit Sie sich in Wildbads Quellen tauchen."


So ward, als lau die Frühlingslüfte wehten
Und in der Mark selbst aller Schnee zerschmolz
Von Lorm die Fahrt nach Wildbad angetreten.
Fürst Friedrich blieb mit tiefgebeugtem Stolz
Auf seinem Schloß und sann noch bis zur späten
Nachtstunde trauernd, wie zum dürren Holz
Sein Fürstenstammbaum abzusterben drohe —
So schwindet auf der Erde alles Hohe.

Für Nikolas und Otto Hoffnung hegen
Kaum darf er mehr; nun auch in Karl so schändlich
Betrog er sich! Nach solchen Schicksalsschlägen
Scheint gänzliches Verzagen unabwendlich;
Allein, so wie ein welkes Blatt beim Regen,
An einem neuen Plane richtet endlich
Sein Herz sich auf; bleibt nicht im jüngsten Sohn
Ihm Hoffnung noch auf würd'ge Succession?


Vor dem Gedanken nun muß Alles weichen.
Wenn Abends zum Quartett die Stunde schlägt,
Läßt er die Geiger ihre Saiten streichen,
Doch kommt nicht in den Saal, wie er gepflegt;
Auch stehen bei dem letzten Lesezeichen,
Das Emma nach Gewohnheit eingelegt,
Bleibt er in Sue's „unsterblichem" Romane;
Er brütet einzig über seinem Plane.


Als er zuletzt gereift — schon rückte Pfingsten,
Das schöne Fest heran — sprach so der Fürst
Zu Max: „Zwar nenn' ich dich der Söhne jüngsten,
Doch, daß die ältern du beschämen wirst,
Daß du dich nimmer auch nur im geringsten
Von unsres Hauses Tradition verirrst,
Das ist der Glaube, der in dieser Welt
Des Irrsals mich allein noch aufrecht hält.

„Auf dich, mein Max, ich muß dich dessen mahnen,
Auf dich als unsres hohen Stammes Halter
In langer Reihe schauen deine Ahnen,
Vor denen Grafen noch im Mittelalter,
Ja Fürsten, sich gebeugt als Unterthanen,
Und alle flehen zu dem Schicksalswalter,
Es möge unser Haus in der feudalen
Ehrwürd'gen Pracht durch dich von Neuem strahlen.


„So höre denn! Zu Pfingsten — diese Kunde
Entnahm ich aus dem Pommer'schen Mercur —
Begeben wird Prinzessin Kunigunde
Nach Interlaken sich zur Molkenkur.
Aus herrlichem Geschlecht, das lang am Sunde
Geblüht und durch Secundogenitur
Abstammt vom alten Königshaus der Dänen,
Ist sie verwandt mit allen Souveränen.


„Wenn ihres sich mit deinem Wappenschilde
Vermählt, welch Glück für mein erlauchtes Haus!
Wohlauf denn! in Helvetiens Gefilde,
Die just im Schmuck des Lenzes blühn, zieh aus!
Der Fürstin Mutter bring — sie heißt Clotilde —
In meinem Namen einen Blumenstrauß
Und sprich, ich sei, wie ehmals auf dem Wiener
Congreß, noch stets ihr unterthän'ger Diener.

„Dann zur Prinzessin — doch dein Mutterwitz
Wird schon dich lehren, wie man sich als Freier
Benehmen muß; was ist mein Reden nütz?
Vor meinem Auge lichtet sich der Schleier,
Und schon auf Kunigundens Herrschaftsitz
Bereitet seh' ich dir die Hochzeitsfeier.
Zieh hin, mein Sohn und werde zu der Spötter
Verstummen unsres Hauses Ehrenretter!"


Prinz Max ist hochentzückt von dem Projekt;
Denn da zum Taktiker und zum Strategen
Er niemals viel Beruf in sich entdeckt,
Sah dem Examen er besorgt entgegen.
So nach der Schweiz mit Extrapost direkt
Fuhr er, geleitet von des Vaters Segen.
Wir aber lassen seines Wegs ihn ziehn
Und richten wieder unsern Blick nach Wien.


Glaubwürdig wird von dort uns mitgetheilt:
Mit den Geschwistern an der Donau Strande
Hat unterdeß Prinz Nikolas geweilt;
Doch trotz der Freundschafts-, der Verwandtschaftsbande,
Die fest ihn halten, längst hinweggeeilt
Wär' er zum heißersehnten Morgenlande,
Nur möcht' er gern erst heben die Bedrängniß,
Die noch sein Peter aussteht im Gefängniß.

Nach München Brief an Brief hat er gesendet,
An Herrn von Luchs, ja selbst an die Minister,
Die Bayerns Staatswohl hüten, sich gewendet,
Doch Alles blieb umsonst; sein langvermißter
Leibdiener langt nicht an und schließlich endet
Ihm die Geduld; er tritt vor die Geschwister
Und kündet ihnen, in den nächsten Tagen
Werd' ihn der Dampfer gegen Osten tragen.

Was für ein Seelendrang als Argonauten
Ihn also in den Orient treibe, läßt er
Vor Otto und Aslauga nicht verlauten;
Er fürchtet Hohn von Bruder und von Schwester
Und hegt den Wunsch doch, einem Herzvertrauten
Zu künden, vor ihm strahle stets als fester
Leitstern die Hoffnung noch, in weitentlegnen
Regionen seinem Traumbild zu begegnen.

In einem Keller sitzen einst am Graben
Der Prinz und Erich, an des Ungarweins
Gluthvollem Trank sich beim Gespräch zu laben;
Leid thut mir, ich gesteh's, dabei nur Eins,
Daß mich die Zwei nicht mitgenommen haben;
Als Lebenslabsal dünkt so schön mich keins,
Wie bald in ernster Zwiesprach, bald mit Lachen
Beim Becher Weins die Nacht zum Tag zu machen.

Denn neu, so wie in einem Zauberbronnen,
Verjüngen wir uns in der goldnen Fluth,
Und an den Strahlen längst erblichner Sonnen,
Davon der Wein in sich die Flammengluth
Gesogen hat, erblühen alte Wonnen,
Die starr in unsrer Seele lang geruht;
Die schönsten Stunden, die je unser waren,
Entsteigen wieder den versunknen Jahren.


Laut wird's um uns von Stimmen, lang verklungen,
Indessen Becher an den Becher hallt,
Und uns von seligen Erinnerungen
Wie Hoffnungen die Lippe überwallt;
Des Weines Geister haben tausend Zungen,
Die das Geheimste selbst dem Freunde bald
Vertrau'n. So hebt vor Erich beim Tokaier
Der Prinz von seiner Seele denn den Schleier.


Er hat vergessen, daß mit scharfem Spotte
Der Freund ihn schon verhöhnt ein früh'resmal;
Auch jetzt scherzt Erich über die Marotte:
„Bevor du suchst dein hohes Ideal,
Studire fleißig eine Polyglotte,
Denn Sprachen gibt's in Asien sonder Zahl
Und ehe du arabisch, persisch, indisch
Gelernt hast, abzureisen wäre kindisch.

„Auch denk! das Heimathland der bösen Ghule
Ist ja der Orient, der argen Dschinnen —
Aus Dichtern von des Victor Hugo Schule
Wirst du dich ihrer noch gewiß entsinnen!
Ganz hübsch lies't das sich auf dem Polsterstuhle,
Allein in Wirklichkeit, Freund, schwer entrinnen
Nur würdest du den feuerspei'nden Drachen,
Die deine Angebetete bewachen.


„Wie du lieb' ich das Schwärmen; als Elias
Im feur'gen Wagen fahr' ich auf im Traum;
Wie Paris hoff' ich täglich eine Trias
Von Göttinnen zu sehn am Bergessaum;
In jedem Walde such' ich eine Dryas,
Und, käme fort bei uns ein Lorbeerbaum,
Gern ihn umarmt' ich, wie der Sohn der Leto —
Doch wider dein Projekt einleg' ich Veto.


„Im Orient, bedenk, gibt's keine Posten,
Man reis't dort zu Kameel, zu Elephant.
Drum bleib bei uns und spare dir die Kosten
Der weiten Reise, die exorbitant!
Mag Goethe lieber für die Fahrt nach Osten,
Mag Rückert lieber bieten uns die Hand,
Daß mit Suleika, mit dem Kind des Bhima
Wir schwärmen in dem schönen Tropenklima.

„Doch wenn wir unter Palmen, unter Bambus
Genug geweilt im Urwald India's,
Auf unsern Schiller einen Dithyrambus
Anstimmen wir, geliebter Nikolas,
Berauschen uns an seinem mächt'gen Jambus,
Und leeren auf sein Wohl ein volles Glas.
Führt man die Dichter all in die Arena,
So bleibt doch Sieger der Poet von Jena!"


Er spricht's; der Prinz leiht, in das Naß der Reben
Hinunterstarrend, ihm nur halb das Ohr.
Dann ruft er: „Du verhöhnst sie, die fürs Leben
Ich zum Idol des Herzens mir erkor!"
Und, ohne Erich nur die Hand zu geben,
Von ihm fortstürzt er, dann hinaus zum Thor,
Um unterm Sternendache Nachts im Freien
Sich ganz im Geist der Einzigen zu weihen.


Am nächsten Tage — denn ihm gilt für nichts
Was Jener prophezeit als Unglücksrabe —
Zum Land des Sonnenaufgangs und des Lichts
Zu reisen eben packt er seine Habe,
Als Peter freudestrahlenden Gesichts
Zu ihm ins Zimmer tritt. „Ei, alter Knabe,
Durch ein Tedeum muß ich's wahrlich feiern,
Daß du lebendig dich salvirt aus Bayern!"

„O lieber Herr, ausruft der Diener heiter,
Vergessen längst ist Alles was ich litt,
Als Held jetzt steh' ich da, als Freiheitsstreiter
Und bringe eine Bürgerkrone mit;
Wie dächt' ich noch an das Gefängniß weiter?
Vernehmen Sie, welch einen großen Schritt
Die Weltgeschichte that!" (auf seiner Fahrt
Hat Peter aufgeschnappt die Redensart).


„Die alte Schmach von Como ist gerochen
Und froh kann jene Lola sein, am Rumpf
Noch ihren Kopf zu haben! Schon seit Wochen
Gohr wider sie die Wuth im Volke dumpf:
Zuletzt ward unser Kerker aufgebrochen
Und uns Gefang'ne hat man im Triumph
Befreit, damit wir hülfen, jener frechen
Hispanierin verhaßtes Joch zu brechen.


„Hin durch die Straßen ging's in wildem Toben
Vor ihr Palais; allein erstürmt schon war's
Und ward geplündert just; mit Seidenroben
Weithin bedeckt schon sah ich die Trottoirs
Und stets hernieder aus den Fenstern stoben
Noch Crinolinen, Hauben, Shawls, Foulards;
Selbst leider hatte sie Reißaus genommen
Und war verkleidet nach der Schweiz entkommen.

„So denn von jener argen Tyrannei,
Die sie so lang in ihre Bande schlug,
Aufathmeten die Münchner wieder frei;
Und mich als Märtyrer der Freiheit trug
Man jubelnd fort in eine Brauerei,
Wo mir die edlen Bürger Krug auf Krug
Des köstlichsten Salvatorbiers kredenzten
Und mich mit einem Hopfenzweig bekränzten.

„Stolz, Herr, auf diese Bürgerkrone bin ich,
Und bis zum Tod als einen theuern Schatz — —"
„„Daß ich dich wiederhabe, freut mich innig —
So unterbrach der Prinz ihn in dem Satz —
Denn eben neue Reisepläne sinn' ich;
Am besten ist, du gehst sogleich, uns Platz
Auf einem Donaudampfer zu belegen;
Dem schwarzen Meere geht die Fahrt entgegen.""

Der Diener geht. Des Fürsten Friedrich Sohn
Bleibt, wie er pflegt, in Träume tief versenkt
Am Fenster stehen. Lang dort weilt er schon,
Indem er an sein Herzenstraumbild denkt;
Da gegenüber auf den Hausbalkon
Wird unversehens ihm der Blick gelenkt;
An einer niegeseh'nen märchenhaften
Erscheinung bleibt sein Auge staunend haften.

Umwogt von langem dunklem Lockenhaare,
Das unter grüner, turbangleicher Binde
Herniederwallt und um die wunderbare
Gestalt leichtgaukelnd spielt im Morgenwinde,
Steht dort ein Weib; aus ihrem Augenpaare —
Wohin nur schau'n, damit er nicht erblinde?
Ertragen kann das Keiner auf die Dauer —
Strömt über ihn ein heißer Strahlenschauer.

O steht mir bei, ihr Dichter der Asiaten,
Du Hafis, hoher Sänger du von Tus!
Bei der Beschreibung lad' ich euch zu Pathen,
Die ich von dieser Schönheit liefern muß;
Helft schildern mir die Wange von Granaten,
Den Mundrubin, auf dem ein künft'ger Kuß
Schon lockend blinkt, die bogengleichen Brauen,
Von denen Pfeile wirft die Frau der Frauen!

Von ihres dunkeln Auges Blitz getroffen,
Stand Nikolas; vor sich das Paradies,
Ja alle sieben Himmel sah er offen,
Die der Prophet den Gläubigen verhieß,
Da sie, auf ihre Neigung dürf' er hoffen
Ihn durch der Zeichen Sprache ahnen ließ;
Leicht solche kabbalistisch=mysteriösen
Enigmata weiß Liebe ja zu lösen.

Auf einmal hinter des Balkones Gittern
Verschwunden war das himmlisch = schöne Weib,
Und, wie wenn jede Nerve bei Gewittern
Galvanisch zuckt, also durch Geist und Leib
Ging unserm Prinzen hin ein mächt'ges Zittern;
Nachrufen wollt' er der Erscheinung: bleib!
O bleib! allein der Ruf erstarb in Stammeln
Und lang noch konnt' er sich nicht wieder sammeln.

Wer war dieß Frauenwunder? Er erkannte
Beim ersten Blick: ein Weib des Orients,
Und hörte weiter dann: der neuernannte,
Von Istambul erst seit dem letzten Lenz
Nach Wien versetzte persische Gesandte
Bewohne jenes Haus; doch zur Audienz
Beim Kaiser, der dort Ruhe von des Staats
Geschäften suche, weil' er jetzt in Graz.

Daß bei der Freiheit, die ihm so gegeben,
Dieß eine Festzeit seinem Harem war
Und eine Schönheit dieses Harems eben
Auf dem Balkon erschienen, ward nun klar;
O größter Tag in unsres Prinzen Leben!
Sie, der auf seines Herzens Weihaltar
Ein ew'ges Opfer flammt, hat er geschaut,
Gefunden seiner Seele hohe Braut.

Indeß durch's Fenster ihn mit milden Lüften
Der Lenz anweht und er von sel'gen Loosen
Der Zukunft träumt, spürt plötzlich er ein Düften,
Wie Ambra halb, halb wie Essenz von Rosen;
Er kehrt sich um, und siehe! um die Hüften
Den rothen Gurt, mit weiten Faltenhosen
Steht hinter ihm ein junger Orientale;
Von selbst versteht sich Kaftan und Sandale.


Drei Finger auf die Stirn gelegt, devote
Huldigungsgrüße stammelnd, überreicht
Ihm ein Billet von Seidentafft der Bote.
Doch welche Schrift, die keiner andern gleicht!
Ach! wohl der Römer und der Griechen todte
Idiome kennt der Prinz, indeß vielleicht
Nie von der schönsten der lebend'gen Sprachen
Sich Klänge Bahn zu seinem Ohre brachen!


O Persien, Heimatland der Nachtigallen,
Der einzig wahren, deren Melodien
In deinem süßen Parsi wiederhallen,
Wie in dem Lied von Chosru und Schirin,
Wer je gelernt Firdusi's Verse lallen,
Ihm scheinen — sei der Ausspruch mir verzieh'n! —
Die andern Sprachen als ein Kauderwelschen
Elender Stümper deine nur zu fälschen!

Der Prinz starrt lange nach den krausen Lettern,
Und, während er ans Herz das Briefchen preßt,
Schon glaubt er, überstäubt von Rosenblättern
In Schiras' Gartenhain beim Frühlingsfest
Zu ruhen und der Bülbül sel'ges Schmettern
Zu hören, die im duftenden Geäst
Sich ihm zu Häupten wiegt — allein die Chiffern,
Die räthselvollen, kann er nicht entziffern.

Zuletzt dann durch den Boten, der schon Brocken
Französisch aufgefischt hat, und durch Blicke
Und Zeichen nachhilft, wenn die Worte stocken,
Erfährt er von dem nahen Liebesglücke.
Roxane, spricht der Sklav, die ihrer Locken
Als Herzenspfand dem Prinzen eine schicke,
Werb' ihn nach Sonnenuntergang im Garten,
Der hinter dem Palaste lieg', erwarten.

Glücklicher Prinz! Die Reise in die Länder
Des Ostens spart ihm nun das Schicksal hold;
Hält er in Händen doch die Liebespfänder
Der Einz'gen, der sein Herz Verehrung zollt!
Und westlich ist bis an die Himmelsränder
Der Sonnenwagen schon herabgerollt;
Sein Herzensschlag zählt jegliche Sekunde,
Bis sie erscheint, die heißersehnte Stunde.

Sobald verschwunden denn der letzte blasse
Lichtschimmer, führt der Sklav den Sehnsuchtvollen
Bedächtig fort in eine Seitengasse.
Dort hängt an mächt'gen Seilen, die in Rollen
Sich drehn, ein Korb herab von der Terrasse,
Drin sie den Prinzen aufwärts ziehen sollen;
Am Hauptthor leider wachen die Eunuchen,
Drum gilt es, diese Luftfahrt zu versuchen.

Mag Allah denn, der in Vorherbeschlüssen
Der Menschen Schicksal lenkt, den Prinzen leiten
Und in der herrlichen Roxane Küssen
Ein Vorgefühl der Wonnen ihm bereiten,
Die einst ihn an den Paradiesesflüssen
Erwarten, wenn der Tubabaum mit breiten
Laubzweigen ihn beschattet und im langen
Glühheißen Kuß die Huris ihn umfangen!

Doch weh! das klingt ja ganz muhammedanisch,
Als wär' es aus dem Koran übersetzt!
Ich fürchte, daß ein Schrecken, wahrhaft panisch,
Den Leser faßt, daß er das Buch entsetzt
Zu Boden wirft und ausruft: „Lange spanisch
Schon kam mir dein Roman vor, aber jetzt
Wird es zu arg; du willst bei Glaubensschwachen
Gar für den Islam Propaganda machen.

So weiter geht's im Styl des Torquemada
Des Inquisitors, der mit eigner Hand
Zehntausend Ketzerbücher in Granada
Und hinterdrein die Ketzer selbst verbrannt;
Doch ich erwidre solcher Kanzelsuada:
Wohin, zu welchem Volke, welchem Land
Der Dichter schweifen mag, er nimmt davon
Die Farben an, wie das Chamäleon.


In Indien lies't er andachtvoll die Veda
Und liebt, sich mit den Büßern zu kastei'n;
In Hellas scheint Zeus' Liebschaft mit der Leda
Ein heiliges Mysterium ihm zu sein;
In Spanien auf Sevilla's Alameda
Schlägt er ein Kreuz, wenn durch die Pappelreih'n
Der Klang des Ave hallt im Abendwehen,
Und küßt in Japan Buddha's heil'ge Zehen.


So hab' ich vor der Götterwelt Walhalla's
Gekniet als ich des Snorro Sturleson
Heimskringla las, ich betete zur Pallas
Im hehren Säulenhaus des Parthenon,
Am Nil entflammte zur Verehrung Allahs
Mich eines Imam feuriger Sermon,
Und mit Huronen, fern den Menschenstädten,
Vielleicht zum „großen Geist" noch werd' ich beten.

Und zu dem Abenteuer nun zurück,
Das sich nach Wien verirrt aus Bagdads Nächten!
Der Prinz, sich mit der Linken an dem Strick
Festhaltend, an dem Korbe mit der Rechten,
Wagt kühn die Fahrt zu dem ersehnten Glück;
Nach einem Aufruf zu den Himmelsmächten
Auf die Terrasse — sei's zu seinem Heile! —
Emporgezogen wird er an dem Seile.

Und sieh! Entgegen strecken, als er oben,
Sich ihm zwei Arme, weiß wie Elfenbein,
Ein Schleier wallt zurück — aus Duft gewoben
Von einer Peri Hand scheint er zu sein —
Und nicht zwei Augen, nein zwei lichte Globen
Ergießen funkelnd wunderbaren Schein
Auf ihn, so daß er fürchtet, ohne Hülle
Ertragen könn' er nicht des Glanzes Fülle.

Sie ist es, schlank von Wuchs, wie die Platane,
Der Frauen schönste, die er je gesehn;
Auf ihren Lippen scheint der Liebe Fahne
Von einem Gotte aufgepflanzt zu wehn;
Und, als die Rechte nun ihm beut Roxane,
Glaubt er im Rausch der Wonne zu vergehn,
Ihm ist, als ob von ihrem Händedrucke
Ein Blitz elektrisch bis ans Herz ihm zucke.

Der Peri, welche Nachts an der Cisterne
Den Wandrer grüßt — so künden Jrans Sagen —
Gleicht dieses Weib; all ihre Reize gerne
Hier möcht' ich schildern, doch ich darf's nicht wagen;
Firdusi konnt' es, aber der moderne
Poet muß der Aesthetik Rechnung tragen,
Sonst trifft ihn Lessings Vorwurf, er vermische
Das Pittoreske und das Dichterische.


Die Schöne schreitet, während auf die Pfade
Ein junger Sklave Rosenwasser sprengt
Hin durch des Laubgangs luftige Arkade,
Bis wo, mit bunten Lampen überhängt,
Auf reicher, purpurprangender Estrade
Ein goldgestickter Thronsitz sie empfängt.
Zu sich hernieder zieht sie dort in vollster
Herzfreudigkeit den Prinzen auf das Polster.


Die Sprache, die von ihren Lippen thaute,
Verstand er nicht, allein wie Harmonie
Der Sphären oder Klänge von der Laute
Der Anahid sein Ohr berauschte sie;
Und daß er kühner ihr ins Antlitz schaute,
Den Arm um ihre Schulter legte, lieh
Sie ihm den Muth durch ihre holde Rede,
Denn Liebe athmete der Silben jede.

Ein Täfelchen dann brachten Aethiopen
Von denen, dran der Orientale speis't,
Und drauf, genäht in Fell von Antilopen,
Das köstliche Gericht, das Chalwe heißt —
Werth ist die Speise, daß man in die Tropen
Nur zu dem Zweck, von ihr zu kosten reis't,
Denn das Ambrosia, ich behaupt' es keck,
Weicht diesem unvergleichlichen Gebäck.

Dem Duft gleich, der auf Persiens Oasen
Von Weihrauchstauden quillt und flutet, schwang
Sich Myrrhenrauch aus Alabastervasen;
Und von dem Weine, den Hafis besang —
Er funkelte und strahlte gleich Topasen —
Ließ, während sie ihn mit dem Arm umschlang
Und erst den Becher weihte mit den Lippen,
Roxane den entzückten Prinzen nippen.

Ihm war, so wie dem Streiter, der gefallen
Für Allahs Namen in der Glaubensschlacht
Und plötzlich unter Köschken von Krystallen
Nun selig in der Huri Arm erwacht;
Ihr Lockenhaar auf sich herniederwallen,
Fühlt' er, so weich wie Persiens Sommernacht,
Indeß wie Duft von Edens Lotosbeeten
Ihn ihre Athemzüge mild umwehten.

Auf einmal, als sein Mund im langen, langen,
Glühheißen Kuß an ihren Lippen hing,
Auffuhr Roxane; wirre Stimmen drangen
Her vom Palaste durch das Laubgeschling;
Nicht hehlen konnte sie des Herzens Bangen,
Entwand dem Prinzen sich, der sie umfing,
Und rief, doch dieser konnt' es nicht verstehen:
„Verbirg dich! schnell! sonst ist's um dich geschehen."

Herüber tönte zu der Schreckerstarrten
Vom Hof, wo Alles durcheinander rannte,
Die Meldung, wider jegliches Erwarten
Zurückgekehrt sei Hassan, der Gesandte;
Und schon, gefolgt von Sklaven, in den Garten
Auch drang der Wüthende, sein Auge brannte
Vor Zorn, die Klinge riß er aus der Scheibe
Und rief den Sklaven zu: „Packt alle beide!"

Zunächst gebot er, daß die Favorite
Bei Wasser schmachten solle und bei Brod,
Drauf donnernd, sich geberdend wie ein Scythe,
Schrie er dem Prinzen zu: „Dich trifft der Tod!
Ihr, Sklaven, haftet — hört was ich gebiete —
Mit eurem Haupt für ihn bis Morgenroth!
Die Büttel holt, in Ketten ihn zu werfen,
Sein Richtschwert mag indeß der Henker schärfen!"

Roxane will ihn zu besänft'gen suchen,
Allein, von ihren Bitten ungerührt,
Fährt Hassan fort zu drohen und zu fluchen;
An beiden Armen wird sie festgeschnürt
Und in das Frau'ngemach von den Eunuchen,
Den strengen Haremwächtern, fortgeführt.
Der Prinz, ohnmächtig, sie aus dieser Schmach
Zu retten, starrt ihr in Verzweiflung nach.

An sie nur, nicht an sich scheint er zu denken
Und wäre froh, des Wilden Eifersucht
Und Zorneswuth. auf sich allein zu lenken.
Belasten läßt mit schwerer Eisenwucht
Hassan an Händen ihn und Fußgelenken
Und ruft: „Schließt fest die Reife, daß die Flucht
Unmöglich werde dem verfluchten Giauren!
Nun, nur noch Stunden wird sein Leben dauern.“

Hinabgestürzt in einen finstern Keller
Wird der Unsel'ge, kalte Pflastersteine
Sind seine Lagerstatt; o läßt sich greller
Ein Schicksalswechsel denken, als der seine?
Und dennoch dünkt die Finsterniß ihn heller
Als Tageslicht, denn noch vom Widerscheine
Erleuchtet wird sie jener Götterstunde,
Als Seligkeit er trank von ihrem Munde.

Auch hofft er — denn an Harun Raschids Hofe
Glaubt er zu sein, im Reich der Feen und Dschinnen —
Gut enden werde noch die Katastrophe
Und er dem Kerker, drin er seufzt, entrinnen.
Er denkt bei jedem Rauschen, eine Zofe,
In List geübt, wie alle Perserinnen,
Sei nah und werde durch gesprengte Thüren
Ihn in die Arme der Geliebten führen.

Dann fliehen sie vereint, vielleicht zum Rheine,
Hinunter auf dem Strom in schwankem Kahn
Und weiter, bis der sel'gen Inseln eine
Sie aufnimmt fern im blauen Ocean.
Da ist für ihn in ew'gem Sonnenscheine
Ein neuer Lebenshimmel aufgethan;
Die lang Gesuchte, endlich nun gefunden,
Untrennbar lebt sie dort mit ihm verbunden.

So träumend lang noch in Geduld sich faßt er;
Doch um ihn her bleibt Alles todtenstill
Und, statt in ihrem Arm von Alabaster —
Auf seine Träume scheint es Pasquill —
Noch fort und fort daliegt er auf dem Pflaster;
Zuletzt, da sich kein Retter zeigen will,
Beginnt der Unmuth sich in ihm zu regen;
Er sieht besorgt dem Kommenden entgegen.

Da plötzlich klirrt der Riegel und ein Neger
Tritt durch das Thor; im Kerker wird es hell.
„Auf! ruft der Schwarze, rüste dich, du Träger!
Der Henker wartet schon auf dich; nur schnell!"
Am Eingang aber stehn zwei Trommelschläger,
Von deren Klöpfeln dumpf das Trommelfell
Erbebt — des letzten Augenblicks Verkünder
Sind sie nach Persiens Sitte für den Sünder.


Der Prinz muß folgen.˘ Sieh! in des Palastes
Hofraum errichtet sind zwei Henkerbühnen;
Ach! armer Nikolas, dieß Loos, du hast es
Verschuldet durch dein frevelndes Erkühnen!
Doch daß in Wien dieß möglich ist, wer faßt es?
Nächst den Schaffotten stehen zwei Tribünen;
Denn Hassan will sammt seinen Secretären
Das Fest mit seiner Gegenwart beehren.


Des Hofes Ausgang schließt das langgereihte
Gesinde der Gesandtschaft als Spalier;
Auf einer Holzbank nimmt der Todgeweihte,
So wie befohlen, Platz. Die Augen stier
Am Boden haftend, sitzt an seiner Seite
Als zweites Todesopfer ein Barbier,
Der beim Rasiren — unerhörte That! —
Jüngst Seine Excellenz geschnitten hat.

Dem Prinzen kommt das Ganze bald als faber
Hanswurstspaß vor, bald, wenn es Ernst ihm scheint,
Kocht ihm das Blut vor Wuth in jeder Ader;
Doch wie sich helfen? Alle sind ihm feind,
Die ihn umstehen, außer nur der Baber,
Der auf der Bank an seiner Seite weint.
„Ach! schluchzt der Arme, was hab' ich gelitten,
Seit aus Versehn den Perser ich geschnitten!

„In unsrer Zeit, die sich die Glanzepoche
Der Welt zu sein rühmt, kann ein freier Unger
Also behandelt werden? Eine Woche
Bereits, verschmachtend fast vor Durst und Hunger,
Hab' ich geseufzt im unterird'schen Loche,
Und um den Kopf nun komm' ich ach! als junger
Gesell, bevor ich Meister noch geworden!
Verdammt sei'n diese Schufte, die mich morden!“

Dann laut aufschrie der Baber, denn er sah
Zwei Henker, welche in den Hofraum traten
(Stets finden solche, wie am Hof des Schah,
Sich im Gefolg von Persiens Diplomaten,
Doch in den Nebenstunden hier und da
Auch drehen in der Küche sie den Braten —
Versteht sich, das sind Nebenbeigeschäfte,
Dem Köpfen widmen sie die besten Kräfte).

Nächst dem Schaffotte mit dem Richterschwert
Nimmt Jeder Platz; da schallt Tumult und Schrei'n
Von außen her und nach dem Hofthor kehrt
Der Prinz den Blick, wo in geschloss'nen Reih'n
Das Sklavenvolk den Zutritt Jedem wehrt;
Er sieht, gewaltsam in den Hof herein
Will Einer dringen, und vernimmt ein Zeter=
Geschrei; er ist es, ja das ist sein Peter!

„Geh, Peter, geh, um Hülfe mir zu schaffen,“
Ruft er ihm zu und scheint bei dieser neusten
Wendung des Schicksals neu sich aufzuraffen.
Und Jener packt zwei Sklaven mit den Fäusten
Und wirft zu Boden sie mit ihren Waffen;
Doch andre drängen ach! der Diener treusten
Zurück; bald wieder nach des Zwischenfalles
Beseitigung ist stumm im Hofe Alles.

Längst wär' auch die Execution der Beiden
Vollstreckt schon ohne Urtheil und Verhör,
Doch an dem Schauspiel selber sich zu weiden
Beschlossen hat der Herr Ambassadeur;
Die Henker Köpfe von den Rumpfen schneiden
Zu sehn liebt er einmal als Amateur,
Und über den Geschmack läßt sich nicht streiten;
Dießmal jedoch, was kommt er nicht bei Zeiten?

Ist es, daß er, ermüdet von der Reise
Im Schlafgemach noch in den Federn steckt?
Ist's, daß zum Frühstück noch die Lieblingsspeise,
In Rosenöl geschmortes Huhn ihm schmeckt?
So geht die Frage in der Sklaven Kreise.
Vielleicht auch, daß ihm eine Flasche Sekt
Nach Perserbrauch zum Morgentrunke mundet
Und er den Beiden drum die Strafe stundet.

Nun schmettern vom Palaste her Drommeten,
In voller Uniform, sieh! aus dem Saal
Mit Secretären, Attachés und Räthen
Tritt Seine Excellenz bei dem Signal;
Und die Estrade hat er kaum betreten,
So wird, da nicht vor diesem Tribunal
Appell Statt hat, die Arme festgeschnürt,
Prinz Nikolas auf das Schaffot geführt.

Muthvoll hin durch die Reih'n der Sklaven schreitet
Der Unglücksel'ge; fest steht sein Geschick;
Gebunden für den Tod, der ihm bereitet,
Schon wird er an den Pfahl mit mächt'gem Strick.
Da, während irr umher sein Auge gleitet,
An einem Fenster was gewahrt sein Blick?
Roxane sieht er dort, die Einzig=Eine;
Ihr großes Auge grade trifft das seine.

Er denkt, daß sie ein Wehgeschrei erheben,
Daß Himmel in Bewegung sie und Erde
Für seine Rettung setzen, um sein Leben
Den unbarmherz'gen Hassan flehen werde;
Doch ruhig an des Fensters Gitterstäben
Dasitzt sie, mit gleichgültiger Geberde
Nach unten schau'nd, und saugt den Tabakrauch
Aus einer Wasserpfeife breitem Schlauch.

In Nebeln, welche seinen Blick umfloren,
Erlischt ihm da das Licht des Tages bleich;
Mit jenem Weib gibt er die Welt verloren;
„Nun, Henker, hole aus zum Todesstreich!" —
Doch welches Lärmen außen vor den Thoren?
Wirrsal im Hofe und Geschrei zugleich;
Hassan, vom Sitz aufspringend, mahnt die Sklaven:
„Verrammt das Thor! Mein Hausrecht schützt, ihr
                                    Braven!

Mit Schall von Trommeln, Pfeifen und Triangeln,
Musik in Wahrheit wie der Janitscharen,
Antworten sie: „Wir werden nicht ermangeln,
Dein Haus zu schützen; zähl' auf deine Schaaren!
Doch weh! schon bebt das Thor in seinen Angeln;
Es ist zu spät; eindringen die Barbaren!"
Und wirklich treten· in den Hof Soldaten
Trotz Widerstands der tapfern Asiaten.

Bewältigt ist alsbald die wilde Rotte,
Von Militär wird ganz der Hof besetzt,
Und athemlos stürzt Peter zum Schaffotte:
„Durchlaucht, ist's möglich denn?" ruft er entsetzt,
„Sie festgebunden hier? Beim ew'gen Gotte,
Man hat Sie köpfen wollen, aber jetzt
Ist Alles gut; o ganz gehörig knuffte
Ich schon zur Strafe die verdammten Schufte!"


Indem er tausend, aber tausendmale
Dem Himmel dankt, der Hülfe noch gesandt,
Und auf die Perser seines Zornes Schale
Ausgießt, löst er den Prinzen von dem Band
Der Stricke; aber fort und fort am Pfahle
Steht dieser; Petern reicht er wohl die Hand,
Der sich so hohes Recht auf Dank erworben;
Doch ist sein Herz für Lust wie Weh erstorben.


Seit ihn die Liebe so getäuscht, ein wüster,
Ein fader Traum scheint alles Leben ihm;
Doch der Barbier wirft nach so schwer gebüßter
Verschuldung sich aufs Knie mit Ungestüm
Und Petern so als seinen Retter grüßt er:
„Wenn Mensch und einer nicht der Cherubim
Du bist, so will — mein Dank ist überschwänglich —
Ich dich umsonst rasiren lebenslänglich."

Indeß erklärten Polizeisergeanten
Durch einen Dolmetsch, den sie mitgebracht,
Höflich, doch kategorisch dem Gesandten:
„Bei uns, mein Herr, beschränkt ist Ihre Macht!
Mit der Humanität, der allbekannten,
Die Oesterreich sich zum Princip gemacht,
Ist völlig unvereinbar, Jeder sieht's,
Das Henkerwesen und die Hausjustiz."


Drauf Hassan tiefempört: „Ich protestire
Im Namen meines hocherlauchten Schahs
Und sämmtlicher Minister und Veziere!
Der Eingriff in mein Recht ist ohne Maß.
Wenn ich geschnitten werde vom Barbiere,
Ja wenn ein Fant mein Weib umarmt — ich sah's
Mit eignen Augen — in Geduld mich fassen
Sollt' ich und nicht den Frevler richten lassen?"


Noch weiter so parlamentiren Jene
Indeß voll Neugier in den Hof ein Schwarm
Von Volk sich wälzt, zu schau'n die seltne Scene.
Aslauga auch kommt an des Gatten Arm
Und bei des Bruders Anblick Thrän' auf Thräne
Vergießend, ruft sie: „Nein, daß Gott erbarm',
Blaß bist du, Nikolas, wie eine Leiche!
Schlimm enden konnt' es mit dem tollen Streiche!

„Kaum glauben wollt' ich's erst. Am Fenster stand
Ich just, beschäftigt mit den Blumentöpfen,
Da auf der Straße wild dahergerannt
Kam Peter; kaum noch Athem konnt' er schöpfen,
Und schrie angstvoll, als stünd' ein Haus in Brand:
Helft! helft! sie wollen meinen Herren köpfen!
Gendarmen! Polizei! in das Hotel ·
Des persischen Gesandten kommt! nur schnell!"

Drauf Nikolas zum Diener: „Wahrlich, wacker,
Mein alter Diener hast du dich bewährt!
Nun, ohne dich, wohl auf den Todtenacker
Spedirt schon hätte mich des Henkers Schwert."
Von Erich wird inzwischen ein Fiaker
Geholt und in der Andern Mitte fährt
Der Prinz nach Hause. Dort ˙erschöpft aufs Lager
Sich streckt er nieder; bei ihm bleibt der Schwager.

Den Hergang ihm erzählend, spricht er: „Schilt
Mich tüchtig, Erich, ruhig will ich's tragen
Und. schwöre dir, nie meinem Traumgebild
Bei Orientalinnen mehr nachzujagen.
Schon wollte — dran zu denken macht mich wild —
Der Henker mir das Haupt vom Rumpfe schlagen,
Doch ruhig saß Roxane — das begreife,
Wer es vermag! — und rauchte ihre Pfeife."

# Fünftes Buch.

Die ihr, bald Possen so wie vor den Fasten
In Scene setzend, bald ein Trauerspiel
Allhier eu'r Wesen treibt in tollem Hasten
Und diesem nachjagt oder jenem Ziel,
Vermögt ihr einen Augenblick zu rasten
In diesem immer fluthenden Gewühl,
So denkt, an welchem Ort das ganze Treiben
Von Statten geht! Ich will ihn euch beschreiben.

Ein gas'ger Nebelstrom, ein Flammenschwaden,
Der uferlos durch alle Räume wallt,
Reißt auseinander, wird zu Myriaden
Von feur'gen Klumpen nach und nach geballt;
Die Kugeln dann, erstarrt von Grad zu Graden,
Bedecken sich mit Rinden, wenn sie kalt,
Und bersten wiederum; darauf gestalten
Sich andre, neue Bälle aus den alten.

In dieser Kugeln kreisendem Gewimmel,
In das zerwallt der Flammennebelstrom,
Der kleinsten eine denkt euch, in der Himmel
Unendlichkeit verloren als Atom!
Auf ihr hinwälzt sich, Menschen, eu'r Getümmel,
Von ihr, dem Sonnenstäubchen, aus will Rom
Im Sturm der Wirbel, die es vorwärts reißen,
Das unermeßne Weltall stillstehn heißen.


Gehäuft auf ihr hat sich der Schutt von Reichen,
Von Städten und Palästen, hochgezinnt,
Der Kampf der Völker sie bedeckt mit Leichen,
Seit der Geschichte wüster Traum beginnt;
Nicht Name blieb und nicht Gedächtnißzeichen
Von hunderttausend, die gewesen sind,
Und einst gleich eines Traumes Hirngespinnsten
Wird diese Kugel selbst in Nichts verdünsten.


Die Götter alle und die Religionen,
Die sie geglaubt auf dem verschollnen Ball,
Der Throne Glanz, der Ruhm der Nationen
Verwehn mit ihm. Von Stern zu Stern durchs All
Wird von dem Lärmen all der Millionen
Nur kurz hinschleichen noch der Wiederhall,
Dann, matt wie eines Mückenschwarmes Summen,
Fern in der Unermeßlichkeit verstummen.

Selbst Jene, die um ew'gen Nachruhm warben,
Die Grabpaläste sich gebaut am Nil,
Die mit Leonidas für Sparta starben,
An sie, wie an des Pindar Saitenspiel,
Das Lied Homers und des Urbiners Farben
Bleibt nirgend wo Erinn'rung nur so viel,
Wie an der fabelhaften, seit der frühsten
Urzeit versunkenen Atlantis Küsten.

Wer dessen denkt und blickt dann auf der flachen
Armsel'gen Eintagskinder eitles Thun,
Wie sie mit ihrem Nichts sich wichtig machen
Und nie, nach leerem Tand zu haschen, ruhn,
Anwandeln muß ihn ein homerisch Lachen,
Ein unauslöschliches. So lachend nun
Dem Schluß entgegenführen will ich meinen
Bericht vom Fürsten Friedrich und den Seinen.

Im Mai, dem Mond der Wonne und der Weihe,
Kam in das Land der Tells und Winkelriede
Prinz Max, der letzte Sproß der Ahnenreihe,
Der ich in diesem meinem hohen Liede
Unsterblichkeit und ew'gen Ruhm verleihe.
Auftrug ihm, der Familie jüngstem Gliede,
Wie aus dem letzten Buch wir uns entsinnen,
Der Vater, Dänemarks Prinzeß zu minnen.

Zur Braut, die ihm Fürst Friedrich auserkoren,
Einspännig macht die Fahrt er, dienerlos.
Wie? fragt ihr; Einer, der so hoch geboren? —
Nun ja, denn also will's sein Unglücksloos;
Beim Spiel in Baden hat er arg verloren,
Und seiner Baarschaft Rest ist nicht mehr groß;
Drum, da Recurs ihm an des Vaters Kassen
Nicht freisteht, hat er den Lakai'n entlassen.

Just in der Schweiz hebt an die Zeit der Reisen
Wo allher, gierig nach Naturgenuß,
Von beiden Polen, von den Wendekreisen,
Den Cordilleren wie dem Kaukasus,
Die Fremden nahen und der Schmied das Eisen
Am Stachelstock des Führers schärfen muß,
Daß er auf Jungfrau, Matterhorn und Eiger
Geleite die beherzten Bergbesteiger.

Der Hirt beginnt, das Alpenhorn zu blasen
Um baar jedwede Note zu verkaufen,
Die Buben sieht man auf jedwedem Rasen
Für Trinkgeld sich, so wie beim Schwingfest, raufen;
Und jeder Platz, wo zu Natur=Exstasen
Bei Sonnenuntergang in ganzen Haufen
Die elegante Reisewelt sich sammelt,
Wird sorglich wegen der Entrée verrammelt.

Kein Fels ist, wo noch Lämmergeier nisten,
Kein First, kein noch so hoher Bergesgrat,
Auf welchen nicht zur Labung der Touristen
Ein Wirth sein Gasthaus aufgeschlagen hat
Und sie, barmherzig, wie es ziemt dem Christen,
Für ein'ge Francs mit Kaffeesurrogat,
Getauftem Wein und mehr Delikatessen
Erquickt bei Frühstück oder Mittagessen.

Das Thal, das bei Gegirre und Geschnäbel
Der Tauben eben so idyllisch prangt,
Lockt nicht den kletterlust'gen Fashionable,
Der Rain nicht, der mit Alpenrosen prangt;
Höher empor klimmt er durch Sturm und Nebel,
Wohin dem Adler selbst zu fliegen bangt;
Und bricht er sich den Hals in jähem Sturz,
Das ist just sein Geschmack; der Tod währt kurz.

Doch wo bleibt Max? Nicht groß ist seine Hast;
Eh er die Braut, den hohen Frauenstern,
Heimführt in seinen heimischen Palast,
In Solothurn erst hält er, in Luzern,
Das schöne Schweizerland bewundernd, Rast;
Gern schau'n auch möcht' er noch das alte Bern,
Doch sieht sich, da sein Geld sich täglich mindert,
An dieser weitern Excursion behindert.

Direkt begibt er sich vom Alpnacht=See
Darum nach Interlaken auf die Fahrt;
Doch nein! Damals war dort noch nicht Chaussee,
Und da er gerne auch das Fahrgeld spart,
Schlägt er den Weg zu Fuß ein; aber weh!
Gewöhnt noch nicht an diese Reiseart,
Bald, eh' er noch erreicht den Brünigpaß,
Fühlt er die Füße wund, die Glieder laß.


In Lungern ein Cabriolet zu miethen
Versucht er drum, doch Mangel gibt sich kund
Im Dorf an solchen Reise=Requisiten;
Kein Fuhrwerk finde sich, erklärt man rund,
Und mög' er hunderttausend Franken bieten;
Zuletzt erst wird als unverhoffter Fund
Ein Wägeli gebracht, ein schlechter Karren,
Und doch erwünscht ihm nach dem langen Harren.


Der Koffer wird auf diese Staatskarrosse,
Den ihm bisher ein Führer trug, geladen,
Den Sitz besteigt des Odin hoher Sprosse,
Der Vetter Bieler, die von Gottes Gnaden,
Und, Dank dem Kutscher und dem braven Rosse,
Geht rasch dahin auf steilen Bergespfaden
Die Fahrt, daß, von den Stößen sanft gewiegt,
Der Prinz von seinem Sitz oft hochauf fliegt.

Seit Tagen hat aus schweren Wolkenballen
Ergossen auf die Erde sich der Regen;
Am Morgen auseinander zwar zu wallen
Schien das Gewölk, der Westwind sich zu legen,
Doch nun von neuem stark und stärker fallen
Die Tropfen unter Blitz und Donnerschlägen;
Das Wasser strömt — den Ausdruck mir verübeln,
Ich hoffe, wird man nicht — so wie aus Kübeln.

Mit Mühe wird der Brünig überwunden
Und abwärts geht's zum Berner Oberland;
In Dunkel ist das Taglicht schon geschwunden
Und die' Natur scheint ganz aus Rand und Band;
Nicht kann der Kutscher mehr den Weg erkunden,
Der ihn an des Brienzer See's Strand
Hinführen soll; zudem noch überschwemmen
Das Thal die Ströme mit durchbrochnen Dämmen.

Stets vorwärts stürmt, ob auch bis an den Bug
Hinauf ihm die empörten Fluthen schwellen,
Der tapfre Gaul; ihm nach schießt, wie im Flug,
Der Wagen durch die ungestümen Wellen.
Ausstößt der arme Kutscher Fluch auf Fluch;
Kein Lichtstrahl will die tiefe Nacht erhellen,
Und stärke; immer stärkre Wasser wälzen
Sich von den Gletschern, die zerthauend schmelzen.

Was weiter werden soll, wer mag es wissen?
Die Sturmfluth wächst und schwillt, der Donner hallt,
Rings ist die Welt umhüllt von Finsternissen,
Und plötzlich von den Wogen mit Gewalt
Wird Roß zugleich und Reiter fortgerissen;
Der Prinz fühlt bis ans Haupt sich naß und kalt;
Durch Schwimmen einzig, will er nicht ertrinken,
Kann er sich retten; sonst muß er versinken.

Er theilt mit starker Faust, da er zum Glücke
Ein guter Schwimmer ist, zuerst die Wogen,
Doch arg ist solcher Gletscherbäche Tücke;
Zuletzt, vom Wirbel fast herabgezogen,
Gewinnt er einzig Halt an einer Brücke,
Die über's Thal sich spannt in breitem Bogen;
An ihren Pfeiler hält er wie im Krampf sich
Und ringt ans Ufer dann mit schwerem Kampf sich.

Ermattet sinkt er dort zur Erde nieder,
Doch von den Kleidern, eiskalt und durchnäßt,
Durchschüttelt ihm ein Fieberfrost die Glieder.
O jetzt ein wärmend Feuer, welch ein Fest!
Er rafft sich krampfhaft auf vom Boden wieder
Und späht, ob sich kein Licht erblicken läßt;
Ja sieh! fernher durch Nacht und Sturm und Regen
Blinkt lockend ihm ein blasser Schein entgegen.

Vor Influenza bangend oder Grippe
Und Obdach suchend nach dem kalten Bad,
Eilt er drauf zu, ob auch von Felsgeklippe,
Und Dorngesträuch gehemmt auf seinem Pfad.
Zerrissen von dem stachligen Gestrüppe
An seinen Kleidern wird jedwede Naht,
Und das Gestein bohrt sich mit scharfem Schnitte
In seine Sohlen ein bei jedem Schritte.


Von Regenströmen fort und fort begossen, .
Hat er die Hütte so zuletzt erreicht,
Aus der das Licht scheint; doch sie ist verschlossen
Und eine Viertelstunde schon vielleicht
Pocht er ans Thor, als endlich ein verdrossen
Wer da? von innen schallt, der Riegel weicht
Und ihn ein Weib anfährt: „Er Vagabunde,
Was sucht er hier in dieser späten Stunde?“


„Schutz vor dem Wetter unter Eurem Dache,
Ein Nachtmahl und ein Feuer auf dem Herd,“
Ruft zähneklappernd Max — sogar ein Drache
Hätt' ihm ins Haus zu dringen nicht gewehrt —
Und bricht sich Bahn bis wo er im Gemache
Ein Feuer glimmen sieht. Dort schreiend fährt
Ein junges Mädchen auf von ihrem Rocken
Und starrt den seltnen Fremdling an erschrocken.

Mit lautem Schelten kehrt die Alte wieder;
Als unerhört doch will es sie bedünken,
Daß solch ein Bettler, dem die weißen Glieder,
Die nackten, durch zerriff'ne Kleider blinken,
Bei ihr eindringt.  Plötzlich am Ofen nieder
Zu Boden sieht sie den Erschöpften sinken,
Und bald — denn gut von Herzen ist Frau Holler —
Für sein Gebahren wird sie nachsichtsvoller.


„Geh, Trini!" ruft sie; „lege neuen Reisig
Auf's Feuer! ach, wie starr er ist, wie blaß!
Auch Tücher hol', um ihn zu trocknen! Eisig
An allen seinen Gliedern klebt das Naß."
Aus einem Fläschchen, das sie immer bei sich
Im Säckli trägt, reibt sie ohn' Unterlaß
Die Schläfen ihm, indeß die Tochter warme
Umschläge macht um Hals und Brust und Arme.


Bald regt sich in dem Starren wieder Leben,
Durch seine Adern schleicht ein sanftes Thauen
Und gießt in sein Gesicht, todtblaß noch eben,
Von Neuem rothen Schein.  Die beiden Frauen
Sehn ihn vom Boden mählig sich erheben
Und freundlich dankend auf zu ihnen schauen;
Und eh' ein Wort gesprochen seine Zunge,
Gewinnt der Tochter Herz der hübsche Junge.

„Ach, Mutter — spricht sie — sieh nur seine Schwäche!
Zur Stärkung einen Imbiß hol' ich ihm."
„Was — fällt Frau Holler ein — soll gar der Freche,
Der so bei uns eindrang mit Ungestüm,
Beköstigt werden? Wer bezahlt die Zeche,
In seinen Taschen ist ja kein Centime."
Doch dann setzt sie hinzu mit milderm Tone:
„Geh! bring ein Nachtmahl her und Wein vom Rhone!"


Das Zanken liebt die Alte, doch ist besser,
Als sie es scheint, und, während Trini geht,
Das Mahl zu rüsten, ordnet selbst sie Messer
Und Gabeln sammt dem sonst'gen Tischgeräth;
Daß aber unser Prinz als tücht'ger Esser
Sich zeigen wird, der seine Kunst versteht,
Wer zweifelt dran? An Appetit ein Riese
Ist er geworden durch die feuchte Brise.


Allmählig wiederum in Jugendfrische
Beginnt sein Angesicht zu glüh'n, hochroth.
Nicht lange bitten läßt er sich zu Tische,
Um Ehre anzuthun dem Gastgebot.
Ein mächt'ger Käse kommt auf schweizerische
Manier zuerst sammt einem Laibe Brod,
Und größeren Behagens davon schmaus't er,
Als je von Caviar, Trüffel oder Auster.

Als die Begier des Trankes und der Speise
Gestillt ist — so im Stile des Homer
Schließ' ich die Schild'rung seiner Tagesreise —
Sind ihm von Schlaf die Augenlider schwer;
Die Frauen tragen nach der Weiber Weise,
Woher er sei, zu wissen noch Begehr,
Doch lallend sinkt er auf die Lagerstreu,
Die ihm bereitet ist aus duft'gem Heu.


„Was — spricht Frau Holler — sind das für Manieren?
Noth thut's, daß Lebensart der Mensch erst lerne!
So ohne Weitres hier sich einquartieren! —
Komm, Trini! leuchte mir mit der Laterne.“
Die Tochter drauf: „Warum soll er sich zieren?
Gerad herausgesagt, ich hab' es gerne,
Wenn man nicht allzu zaghaft ist; nun, morgen
Will ich ein gutes Frühstück ihm besorgen.“


Nach allen den bestandnen Abentüren
Bezwungen von des Schlummergotts Gewalt,
Liegt Max zehn Stunden ohne sich zu rühren.
Am Morgen, als die achte Stunde schallt,
Als Trini kommt, die Ofenglut zu schüren,
(Denn noch im Mai im Thal hier ist es kalt)
Und draußen lärmend zu dem Schulmonarchen
Die Kinder ziehn, noch fährt er fort zu schnarchen.

Erwacht sodann, als höher steigt der Tag,
Wird er gewahr, wie ihm zersetzt zu Lappen
Die Kleider sind, wie unter ihm, o Schmach!
Die Stiefelsohlen auf den Boden klappen;
Und seine ganze Lage nach und nach
Macht er sich klar — von seinem Fürstenwappen
Wie soll er jemals solchen Flecken waschen?
Leer sind von Gelde die zerrißnen Taschen.


Er wünscht sich, daß er in die Erde sinke
Und durch das Herz ihm geht es wie ein Schnitt,
Als außen eine Hand er auf die Klinke
Sich legen hört und Trini zu ihm tritt,
Um ihn zu laden, daß er Kaffee trinke.
Er folgt ihr endlich, doch mit lahmem Schritt,
Indem er mit der Rechten den Defect
Der Hose, die ein großes Loch hat, deckt.


Am Frühstücktische, als mit Fragestellen
Frau Holler, neugiervoll, nicht müde wird,
Für einen armen wandernden Gesellen
Sich gibt er aus und denkt dabei verwirrt
An seine Ahnenreih'n und die Tabellen
Des göttlichen Geschlechts; wie weit verirrt
Von seinem Stamm hat sich der Odins=Enkel!
Kaum Lumpen decken jetzt ihm Knie und Schenkel.

Indeß, die Fäden ziehend von der Spindel,
Die beiden Weiber ihm zur Seite schwatzen,
Denkt er, wie er zu niederem Gesindel
Jetzt degradirt ist, wie statt auf Matratzen
Er sich begnügen muß, auf einem Bündel
Von Heu zu ruhn; umsonst nach einem Batzen
Sucht er in allen seinen Kleidersäcken
Und weder Brod noch Kaffee will ihm schmecken.

Fortströmt der Regen unterdeß in Bächen,
Weil neue Wolken stets die Winde schicken.
„Zeit wird es endlich, von hier aufzubrechen —
Ruft da der Prinz — Eu'r Geld Euch werd' ich schicken,
Frau Wirthin, hört mein heiliges Versprechen!
Nicht so viel hab' ich jetzt, den Rock mir flicken
Zu lassen, aber gern durch Arbeit — wüßt' ich
Nur wo — erschwäng' ich's, da ich jung und rüstig."

Kaum wollen ihm die Worte von der Zunge;
Geweilt gern länger in dem Häuschen hätt' er;
Da nimmt das Wort Frau Holler: „Armer Junge,
Geh nicht von hier, sonst in dem Höllenwetter
Holst du Entzündung dir von Hals und Lunge!
Ich sah dir's an ja, du bist ein honetter
Ehrlicher Bursch, nur tief herabgekommen;
So höre meinen Plan; er wird dir frommen.

„In unsre Dienste nehm' ich dich als Knecht.
Bisher zwar waren wir nur arme Leute,
In unserm Hausstand ging's uns herzlich schlecht,
Doch eine Erbschaft macht' ich jüngst und heute
Vielleicht noch lehrt mein Mann, mein Eckebrecht,
Der sie erhoben hat, zurück aus Reutte
Im Land Tyrol, wo mir Verwandte starben;
Da brauchen wir in Zukunft nicht zu darben.

„Ein kleines Wirthshaus also anzulegen
Gedenken wir, da oft im Dorfe hier
Die Wandrer, müde von den Alpenwegen,
Ein Mahl begehren oder Nachtquartier.
Bleib denn bei uns! Mein Mann hat nichts dagegen,
Denn nur mein Wille gilt, indem er mir
Die ganze Baarschaft dankt. Credit beim Schneider
Gewähr' ich dir; bestell dir neue Kleider.“

Max steht wie starr, halb froh und halb erschrocken.
Ein Prinz soll Knechtdienst thun um schnödes Geld?
Doch mit zerriss'nen Kleidern, kaum noch trocken,
Wie möcht er weiter ziehen in die Welt?
Auch Trini's große blaue Augen locken
Zum Bleiben ihn. So geht er denn, bestellt
Kniehosen sich und Wamms nach Art der Schweizer
Und tritt den Dienst gleich an als Ofenheizer.

Am selben Tage noch kehrt aus Tyrol
Herr Eckebrecht zurück zum Weib und Kinde,
Und ihm gefällt der hübsche Bursche wohl,
Aus dem fürs Erste sein Hôtelgesinde
Bestehen soll.  Beinkleid und Camisol
Einstweilen leiht er ihm, da so geschwinde
Die neue Tracht nicht fertig werden kann,
Und weis't im Haus ihm die Hanthierung an.


So wurde Maxi denn — für jedes Alter
Braucht der Helvetier den Diminutiv —
Zu Ried im „goldnen Hahnen" wohlbestallter
Hausknecht.  Früh Morgens, wenn noch Alles schlief,
Bald auf dem Bödli, bald im Keller, Malter
Kartoffeln messend, war er schon activ;
Auch wußt' er umzugehn mit Milch und Käsen,
Als wär er Dienstknecht immerdar gewesen.


Des Abends, unterm Arm die Serviette,
Die Fremden auch bedient er, höchst gewandt,
Und gerne plaudern sie, eh sie zu Bette
Sich legen, mit dem Burschen voll Verstand;
Wenn ihn der Wirth in seinem Dienst nicht hätte,
Es stünde schlecht um ihn, allein brillant
Gehn die Geschäfte jetzt und täglich kehren
Touristen ein, die Nachtquartier begehren.

Darum denkt Eckebrecht: Verließe nun
Mich dieser Knecht, wie sehr würd' er mir fehlen!
Daß er zwölf Stunden, ohne auszuruhn,
Arbeitet, darauf kann ich täglich zählen.
Gewiß daher kann ich nichts Beßres thun,
Als ihn mit meiner Tochter zu vermählen,
Längst aufgefallen ist mir, daß Geschmack sie
Zu finden scheint an diesem hübschen Maxi.

Auch währt in Wahrheit lange das Geliebel
Schon zwischen Trini und dem Fürstensohn;
Wenn er die schweren Eimer schleppt, die Kübel,
Dünkt ihre Hand ihn seiner Mühen Lohn,
Und ihr auch scheint der junge Knecht nicht übel;
So ist das Paar im Einverständniß schon,
Eh ihm der Vorschlag kommt des guten Alten
Und frohe Hochzeit wird alsbald gehalten.

Versiegt in unserm jungen Ehemanne,
Vertrocknet scheint das adlige Geblüt,
Daß er, nicht zagend vor des Vaters Banne,
So degradirt das fürstliche Gestüt!
Sein Stammbaum, ragend wie die Edeltanne,
Die auf dem höchsten First im Frühlicht glüht,
Wie schmachvoll wird er nun, der uralt=stolze,
Durch ihn vermengt mit niederm Krüppelholze!

Der Ahnen ganze Tradition zu Schanden
Macht seine Ehe. Wenn mit goldnem Schlüssel
Ihn Kammerherrn sonst beim Diner umstanden
Und Damen ihm im Spitzenkleid von Brüssel
Zur Seite saßen oder Pommerns Granden,
Mit seiner Trini nun aus irdner Schüssel
Speis't er zu Mittag zwischen andern Bauern:
Wer wird den Tiefgesunknen nicht bedauern?

Bald in des Schweizerlandes Sitten hat er
Sich eingelebt, als wär' er dort zu Haus;
Sobald ihm Urlaub gab der Schwiegervater,
Beim Schwingfest stach er alle Burschen aus;
Beim Bundesschießen oft den Hauptschuß that er,
Und war, wenn Trini dann ihm einen Strauß
Als Siegslohn bot, so stolz als wär' ein Orden,
Ein Großkreuz in Brillanten, ihm geworden.

So lassen wir ihn mehr und mehr entarten
Und wenden nach dem Thal uns von Ragatz,
Wo in den Rhein nach wilden Bergesfahrten
Sich die Tamina stürzt mit kühnem Satz;
Dort sehn wir einen kränklichen, bejahrten
Badgast, der eine Bank zum Ruheplatz
Sich ausersehn. Geplagt ist er von Gicht,
Die ihn in Hände und in Füße sticht.

Soll ich den Namen euch des Armen nennen?
Nein, Hörer, die durch Fruchtland wie durch Oeden
Bis in dieß Land der Unschuld und der Sennen,
Gefolgt ihr seid dem Liede des Aöden,
Den Fürsten Friedrich werdet ihr erkennen!
Und hören sollt ihr jetzt, daß er von schnöden
Geschicken, die ihn sich erwählt zur Beute,
Hierher gehetzt ward, wie von einer Meute.

Amphions Stamm, auf welchen der Verderber
Apollo Tod geschleudert von dem Bogen,
Vergleicht er seinem, ja sein Loos sei herber,
Als Niobe's und nicht von Mythologen
Erdichtet bloß.  Seitdem als Brautbewerber
Sein Max nach Interlaken ausgezogen,
Kein Sterbenswörtchen von dem hoffnungsvollen
Jüngling vernahm er mehr; er blieb verschollen.

Fortan denn sann der Fürst, versenkt in Brüten,
Im Schloß bei Prenzlau, wo er trauernd saß,
Wie nach und nach von seinem Stamm die Blüten
Gefallen sei'n, Karl, Otto, Nicolas,
Alslauga — dann sprang er empor mit Wüthen
Und rief, indem er wild den Saal durchmaß:
„Sie, die ich auserkor für Fürstenstühle,
Erniedern sich — ist's glaublich — zur Crapüle!

„Wie soll man's nennen, wenn, statt Trüffelsaucen,
Sich Einer Wasser aus der Pfütze wählt?
Und nun mein Max! muß ich auch ihn verstoßen?
Mein Liebling, er, auf den ich ganz gezählt,
Den ich im Geist umringt von seinen Großen
Bereits gesehen, königlich vermählt,
Häuft e r auch Staub auf meine greisen Haare,
Daß ich in Schmach und Weh zur Grube fahre?"

Nach Interlaken sandt' er Brief und Boten,
Doch keine Nachricht von dem Sohne kam,
Und endlich zählt er fast ihn zu den Todten.
Ein Glück, daß ihm vorerst der schlimmre Gram
Erspart blieb, daß die Kunden, die ihm drohten,
Von seines Hauses Schmach er nicht vernahm;
Im Grab darob sich umgekehrt und Zeter
Geschrie'n ja hätten seine Aelterväter!

Allein der Hoffnung wie entsagen möcht' er —
Blieb ihm nicht Aussicht noch auf Descendenz,
Wenn indirect auch, durch die jüngsten Töchter,
Die herrlich blühten Rosen gleich im Lenz?
Stammmütter konnten herrlicher Geschlechter
Sie werden, wenn er mittels Testaments,
Vielleicht auch durch pragmatische Sanction,
Für Weiber sicherte die Succession.

Natürlich ebenbürtig sie vermählen,
War Hauptbedingung für des Fürsten Plan,
Und also hofft' er, bald in seinen Sälen
Fürstliche Brautbewerber zu empfahn
Und ihrer den erlauchtesten zu wählen;
In stolzem Hochgefühl sah er als Ahn
Enkel auf Enkel seinem Stamm entsprießen,
Die alle Hoheit oder Durchlaucht hießen.

So nicht um die verlornen Kinder schien
Er mehr zu trauern; wenn ihm bang gewesen
Um seines Hauses drohenden Ruin,
Wenn in Zerknirschung er nur Exegesen,
Erbauungsbücher oder Homilien
Statt der Novellen lange Zeit gelesen,
So trieb er in der goldnen Morgenstunde
Nun Genealogie und Wappenkunde.

Sodann am Abend las die Gouvernante
Emma ihm aus dem Gotha'schen Kalender;
Und ob er längst auch jedes Blatt drin kannte,
Ob auch kein Buch der Welt von gleich horrender
Langweiligkeit sein mag, wie das genannte,
Die Prinzen aller deutschen Vaterländer
Ließ er stets neu vor seinem Geistesauge
Vorüberziehn, ob Einer für ihn tauge.

Schack, Ebenbürtig.                    14

Oft bei den Namen that er heimlich Schwüre:
Den weis' ich ab, denn seiner Ahnen Zahl
Kommt nicht der unsern gleich. Bei der Lectüre
Gähnten die beiden Töchter manchesmal;
Auch schlichen sie hinweg wohl durch die Thüre,
Und ließen von den Musicis im Saal
Lection sich geben im Solfeggiensingen;
Der Vater ward gewahr nicht, daß sie gingen.

Er selbst, in seine Pläne ganz versunken,
Verspürte nicht mehr Lust, Quartett zu hören —
Denn wer, das Herz von hoher Hoffnung trunken,
Stets den Gesang vernimmt von Himmelschören,
In seinen Träumen, wie Geschrei von Unken,
Muß jede irdische Musik ihn stören.
Nah war der Fürst schon, den Beschluß zu fassen,
Die Musici des Dienstes zu entlassen.

Gewachsen in den fürstlichen Finanzen
War nämlich Jahr für Jahr das Deficit.
Er, der in seiner Glanzzeit einen ganzen
Hofstaat gehalten, längst von Schritt zu Schritt
Bis zur Entlassung auch des letzten Schranzen
War er herabgestiegen, und somit
Erschien als überflüssige Entfaltung
Von Luxus der Capelle Unterhaltung.

Einst setzen wollt' er sich zum Mittagsessen
Und harrte nur auf Gertrud und Sieglinde,
Da ward ihm Nachricht, daß man die Altessen
Im ganzen Schloß gesucht, doch nirgend finde —
Denkt euch den Schrecken! er war unermessen,
Und allarmirt ward sämmtliches Gesinde;
Dann gar kam Einer mit der fürchterlichen
Botschaft, zwei Musici auch sei'n entwichen.

Erst stand der Fürst, gelähmt vom jähen Schrecken,
Der ihn durchrieselte an Bein und Mark;
Nochmals dann ward in Winkeln und in Ecken
Auf sein Gebot das Schloß durchsucht, der Park,
Doch ließ der Flücht'gen Keiner sich entdecken;
Ringshin, durch Altmark, Neumark, Ukermark
Aussandt' er Boten, doch vergebens spähten
In allen Dörfern sie, in allen Städten.

Verzweifelnd brach Fürst Friedrich da zusammen;
Nur matt bei halberstictem Wuthgeschrei
Aus seinem Blick noch schlugen Zornesflammen,
Indeß zu einem wüsten Einerlei
Die Erde und der Himmel ihm verschwammen.
Nichts Schlimmres konnt' ihn treffen; weh! die Zwei
Die ihm mit Siegelinden und Gertruden
Entflohen, waren ungetaufte Juden!

So blieb der arme Vater herzgebrochen
Und sann dem Sturze seines Hauses nach;
Den ganzen Sommer, Wochen hinter Wochen,
Verließ er nicht sein ödes Schloßgemach.
Wenn er den Tag hindurch kein Wort gesprochen,
Vergebens sucht am Abend ihn durch Schach
Die Gouvernante Emma zu zerstreuen;
Nichts half es, die Versuche zu erneuen.

Wenn er ein Buch sah, fuhr er auf erschrocken;
Der Almanach von Gotha, glaubt' er, sei's.
Und als der Winter nun mit weißen Flocken
Die Flur bedeckte und die Seen mit Eis,
Aschgrau geworden waren seine Locken;
Gebeugt saß er, mit fünfzig Jahren Greis,
Am Ofen da, in Decken eingewickelt,
Von Podagra und Chiragra geprickelt.

Die Diener, die ihm nur mit Zagen nahten,
Mit Schelten fuhr er an wie ein Barbar
Und überhäufte sie mit Prädikaten,
Davon das mildeste „Halunke!" war;
Die Köchin konnte kochen nichts noch braten,
Er schickt' es ihr zurück, es sei nicht gar;
Durch seine üble Laune außer Fassung,
Begehrten alle ihre Dienstentlassung.

Die Gouvernante einzig, mitleidsvoll,
Hielt aus, bemüht den Leidenden zu pflegen.
Ein schweres Amt! Oft, wenn sein Unmuth schwoll
Und hoch der Puls ihm ging in Fieberschlägen,
Auch sie entgelten ließ er seinen Groll —
Doch durfte sie es schwer zur Last ihm legen,
Da Gicht ihn zwickte wie mit glüh'nden Zangen
Und ihm die Kinder alle durchgegangen?


Selbst als schon draußen das Gezirp der Meise
Erscholl — mild war, wie nie, der Februar —
Als wieder heim von seiner Winterreise
Der erste Frühlingsbote kam, der Staar,
Lebt' er dahin in alter traur'ger Weise;
Und, bracht' ihm Emma, die beflissen war
Ihn zu erheitern, eine Handvoll Krokus,
So sagt' er nur: „Ach! das ist Hokus=Pokus."


Um mehr noch seine Lage zu verbittern,
Erschien im tollen Jahre achtundvierzig
Der März mit den politischen Gewittern.
Wohl mancher der geneigten Leser wird sich
Der Zeit erinnern, als ein dumpfes Zittern
Von Land zu Lande schlich, und wie verwirrt sich.
Wie rathlos Deutschland während jenes Jahres
Gezeigt; ein wahres Tohu=bohu war es.

Mit Pflastersteinen und auf Barrikaden
Ward Staatsrecht da docirt, statt vom Katheder,
Und bang verkrochen sich die Retrograden;
In Blousen und mit rother Hahnenfeder
Gebiet'risch vor die Herrn von Gottes Gnaden
Traten die Freiheitshelden hin: „Entweder
Bewilligt alle Forderungen oder
Dankt ab!" — Nun! das Bewill'gen war kommoder.


Fürst Friederich erfuhr, daß Karl, sein Sohn,
Der jener kühnen Brautfahrt sich vermessen,
Dann in Sibirien seine Ambition
Gebüßt und drauf in Graudenz lang gesessen,
Im März aus der Gefängnißhaft entflohn
Und in Berlin bei allen Sturmadressen
Anführer war und Chef der Demagogen,
Die lärmend durch der Hauptstadt Gassen zogen.


Ein Schriftstück fiel einst in des Fürsten Hände,
In dem es hieß: „Auf! rafft euch auf zur That!
Daß Rußlands Herrschaft uns nicht länger schände,
Das halb in seiner Macht schon Preußen hat,
Macht seinen Creaturen hier ein Ende."
Et caetera. Es hieß, ein Demokrat,
Vor allen anderen vom reinsten Wasser,
Mit Namen Meyer, sei der Schrift Verfasser.

Nun hatte, wißt! der Czarentochter=Freier
Schon längst den Prinzentitel abgelegt
Und führte schlicht den Bürgernamen Meyer.
Man kann sich denken, wie von Gram bewegt
Das Herz des Vaters schlug, als dieser Schleier
Vor ihm gelüftet ward; tiefaufgeregt
Wünscht' er, daß lieber in Sibiriens Schachte
Den Sohn noch ew'ge Finsterniß umnachte.

Die Winterluft der Uckermark auch füllten
Des neuen Völkerfrühlings Stürme bald,
Und Bauern drangen, die im Chore brüllten,
Ins Schloß des Fürsten Friedrich mit Gewalt;
Aufhebung aller Zehnten, aller Gülten
Verlangten sie, die Fäuste droh'nd geballt,
Und schrie'n: „Nichts mehr von Frohndienst! von
                                    Feudalrecht!
Adelsabschaffung, allgemeines Wahlrecht!"

Erst lange wies er ab die Flegelhaften;
Nicht seine, nur des Königs Sache sei's,
Das zu entscheiden. Aber dem Erschlafften
Wie hätten sie's nicht abgetrotzt, dem Greis?
Am Ende also die Errungenschaften
Heimtrugen sie befriedigt, schwarz auf weiß;
Obgleich er sie nicht zu gewähren hatte,
Es war genug, sie standen auf dem Blatte.

Dem Fürsten, der so vergewaltigt worden,
War es, als ob die Welt zusammensänke;
Er hätte lieber jetzt bei Negerhorden
Gehaus't, als bei den Deutschen, die — man denke! —
Den Adel abgeschafft. Da nun im Norden
Ihm überdieß ein jedes der Gelenke
Im scharfen Hauch der Ostseewinde schmerzte,
Verließ er Deutschland auf den Rath der Aerzte.

Das Gut in Obhut gebend dem Verwalter,
Die Pflegerin mit ihm zu reisen bat er,
Doch Emma konnte nicht; im hohen Alter
Berief an seine Seite sie ihr Vater;
Und so, in Pelze eingehüllt, bei kalter
Schneeluft just am Pankratiustage trat er
Mit einem treuen Diener an die Reise,
Gefloh'n gern wär' er bis zum Wendekreise.

So viel von dem, was sich bisher begeben!
Jetzt aber wend' ich mich zur Gegenwart,
Wo er, wie früher schon berichtet, eben
An der Tamina vor sich niederstarrt.
Wenn er gehofft, daß ihm zu neuem Leben
Ragatz verhülfe — weh! sein Loos ist hart —
So hat er sich geirrt; von Podagra
Noch stets gepeinigt sitzt er ächzend da.

„Seit ich hier bade, ist ein Mond verflossen,
Und keine Bessrung hab' ich noch gewahrt;
Ein Jahr ist's, daß ich meinen jüngsten Sprossen
Zu der Prinzessin auf die Werbefahrt
Entsendet in das Land der Eidgenossen,
Und ach! kein Leid ward mir seitdem erspart,
Nicht Flucht der Töchter und nicht der feudalen
Zustände Umsturz durch die Liberalen.

Er denkt's, und wie Erinnerung nicht minder
Der andern Sprößlinge in ihm erwacht,
Ein zweiter Lear sich dünkt er, durch der Kinder
Undank gestürzt in der Verzweiflung Nacht;
Wenn er als neuer Königslinien Gründer,
Sich schon mit stolzem Selbstgefühl gedacht,
So wird er nun — ihn faßt ein Ingrimm-Schwindel —
Der Ahnherr nur von niederem Gesindel.

Nicht alle Pracht, mit der in diesem Bade
Natur sich schmückt, erheitert ihm den Sinn;
Aus Arglist, denkt er, hat die Stromnajade
Ihn hergelockt nur, die Betrügerin;
Denn hüpft sie auch am blühenden Gestade
Lachend mit krausen Wellenlocken hin,
Spielt auch das Licht darauf in tausend Prismen,
Ihm bringt sie nichts als neue Rheumatismen.

Mit dem Entschluß, den Kurort zu verlassen,
Schwermüthig schleicht er heim in die Pension;
Anstatt des Klima's hier, des kalten, nassen,
Will er in einem anderen Canton
Die Lüfte suchen, welche für ihn passen;
Und da er hofft, daß er vom jüngsten Sohn,
Von Max, dort Kunde finde, schwebt zumeist
Als Ziel ihm Interlaken vor dem Geist.

Bald trägt der Wagen mit dem Fürstenwappen,
Mit Rossen von der Schweizerpost bespannt,
Ihn hin durch Gegenden, die aus den Mappen
Der Landschaftsmaler männiglich bekannt;
Allein die Reise geht nur in Etappen,
Sein matter Leib, von Krankheit übermannt,
(Ich sprech' als Arzt) ist gegen seines Wagens
Fahrstöße kein genügendes Reagens.

So kommt's, daß wenig an dem Zauberbilde
Der Gegend um ihn her sein Auge hangt;
Gleichgültig sind auch mir drum die Gefilde,
Durch die er bis ins Oberland gelangt,
Erst als im Dorfe Ried er vor dem Schilde,
In dem ein goldner Hahn als Zeichen prangt,
Stillhält, wird das Lokal mir wieder wichtig,
Darum von seinem Nachtquartier bericht' ich.

Befallen hat das Podagra ihn arg,
Darum sich sucht er ein Logis bei Zeiten;
„Ach! aus dem Leben, das, an Freuden karg,
Nur sinnt, mir Weh und Jammer zu bereiten,
Warum quartier' ich lieber nicht im Sarg
Sogleich mich ein? Denn der vermaledeiten
Gichtschmerzen werd' ich nie auf Erden quitt,"
So denkt er, wie er in das Wirthshaus tritt.


Der Wirth und seine Frau, die edlen Zwei,
Dienstfertig immerdar für ihre Gäste,
Eilten, als er die Klingel zog, herbei,
Und klagten, daß in Bern beim Schützenfeste
Ihr Schwiegersohn, das Hauptfactotum, sei,
Bald aber kehr' er heim und werd' auf's Beste
Alsdann den hochgeehrten Gast bedienen;
Jetzt sei noch Alles mangelhaft bei ihnen.


„Komm Er sogleich, das Zimmer mir zu zeigen! —
So adressirt der Fürst den Wirth mit „Er" —
Ich liebe nicht, treppauf treppab zu steigen,
Drum nehm' ich meine Wohnung im Parterre."
Eckbrecht denkt wohl: „Nun die Manier ist eigen;
So spricht bei uns zum Knecht wohl nicht der Herr;
Doch mag er grob sein, nicht daran mich kehr' ich,
Wenn er nur Geld hat; sonst kein Gastwirth wär' ich."

Ins beste Zimmer, das zu ebner Erde,
Läßt denn der Gast vom Wirthe sich geleiten,
Er heischt, daß gleich gemacht sein Lager werde,
Und Trini kommt, das Leinen drauf zu breiten.
Frau Holler zündet Feuer auf dem Herde,
Die Mahlzeit für den Fremdling zu bereiten,
Doch er, nach Ruhe lechzend, nicht nach Speise,
Wirft sich aufs Bett, todmüde von der Reise.

Bis nächsten Morgen liegt er da und stöhnt
Und ächzt, von seinem Podagra gezwickt.
Sein Diener selbst, obgleich daran gewöhnt,
Daß er bei schlimmster Laune sei, erschrickt,
Wenn's: „Bleib vom Leib mir!" ihm entgegentönt,
Sobald er durch die Thür ins Zimmer blickt;
Am Nachmittag besänftigter indessen
Ruft er ihm zu: „Bestelle mir das Essen!"

Vom Lager rafft sich ächzend auf der Kranke
Und setzt sich auf den Lehnstuhl nächst dem Bette.
Trini tritt ein, nimmt Leinen aus dem Schranke,
Bedeckt den Tisch mit zierlicher Serviette,
Geht abermals, bringt Teller, Messer, blanke
Bestecke noch auf einem Tafelbrette
Und spricht: „Mein Mann ist heimgekehrt aus Bern;
Serviren wird er gleich dem gnäd'gen Herrn."

Hinaus zur Thüre ruft sie dann: „Hab' Acht!
Das Brod und dann die Suppe bring, mein Schatz!" —
Der Fürst, in dem der Appetit erwacht,
Nimmt eben am gedeckten Tische Platz.
Da` ins Gemach in hübscher Schweizertracht
Das Lederbeinkleid kurz, doch breit der Latz,
Schneeweiß das Hemd, die Hosenträger roth,
Tritt Max mit einem mächt'gen Laibe Brod.


„Mein Mann, mein Maxi, der gekrönte Schütze
Ist das!" spricht Trini, drückt noch seine Hand
Und geht hinweg. Der Fürst auf seinem Sitze
Bleibt achtlos erst und hat ihn nicht erkannt,
Max aber steht, getroffen wie vom Blitze,
Gelähmt und an die Schwelle festgebannt;
Zu Boden fällt das Brod, das er gehalten,
Und starren Auges schaut er auf den Alten.


Da, wie sich seine Blicke auf ihn heften,
Wird auch der Fürst der Aehnlichkeit gewahr,
Ihm ist als ob ihn Spukgebilde äfften,
Und doch, der Name Maxi macht es klar,
Das ist sein Sohn! Bei den gesunknen Kräften
Bringt, fürcht' ich, die Entdeckung ihm Gefahr;
In Wuth, die ihm durch alle Nerven zittert,
Sinkt er auf seinen Stuhl zurück erschüttert.

Dann aufgerafft ruft er: „Haſt du die Stirne,
Dich, Ungerathener, vor mir zu zeigen?
Mein Sohn vermählt mit einer Schweizerdirne!“
Max ſtammelt: Vater! — aber: „Wirſt du ſchweigen?“
Donnert der Fürſt; im ſchwindelnden Gehirne
Ihm wird es wirr; vor ſeiner Seele ſteigen
Die Bilder all der Kinder auf, die Schande,
Wie dieſer, ihm gebracht und ſeinem Stande.


Ihn zu beſänftigen tritt Max heran:
„O Vater! gib mir doch die Hand zum Zeichen,
Daß ich noch auf Vergebung hoffen kann!
Wenn du es wüßteſt nur, wie ohnegleichen
Ich glücklich bin als Trini's Ehemann!“
Den Alten ſieht er plötzlich da erbleichen,
Die Hände krampfhaft nach der Stirne ballen
Und plötzlich wie entſeelt zu Boden fallen.


Er kniet zu dem Geſunkenen hin voll Schrecken
Und ruft, ihm beizuſtehen, auch ſein Weib;
Sie ſuchen ihn zum Leben neu zu wecken,
Allein umſonſt; ſtarr, reglos iſt ſein Leib.
Auf's Lager tragen und in warme Decken
Einhüllen ihn die Beiden dann. „Du bleib
Am Bette hier bei ihm, ſpricht Max, ich eile,
Um einen Arzt zu holen mittlerweile.“

Dem Kranken reibt die junge Frau die Glieder,
Die noch den Schwiegervater in dem Gast
Nicht ahnen kann. Bald kommt der Oberrieder
Dorfarzt, von Max herbeigeholt in Hast,
Und fühlt den Puls: „Er ist ein Invalider,
Todmatt; Noth thut's, daß ihr ihn nicht verlaßt;
Umschläge muß man fort und fort ihm machen;
Zum Leben denk' ich, wird er dann erwachen."

Also der Aesculap und ging von dannen.
Zusammen, sonst ein Riese von Natur,
Brach Max und konnte lang sich nicht ermannen.
Der Frau vertraut' er drauf, sie sei die Schnur
Des kranken Manns, und Beider Thränen rannen;
Sein treu zu warten thaten sie den Schwur
Und nicht sein Bett, bis wieder auf dem blassen
Gesicht sich Leben zeige, zu verlassen.

Wie sie bei Tag und Nacht am Lager saßen,
Um nach des Arztes Vorschrift ihn zu pflegen,
Und Schlaf und Speis' und Trank dabei vergaßen,
Begann er nach und nach sich neu zu regen.
Ja bald glomm seine Stirne über Maßen
Und Fieber sprach aus seiner Pulse Schlägen;
Es war, als ob er kämpfte mit Phantasmen;
Sie aber legten kalte Kataplasmen.

So reihten langsam Wochen sich an Wochen
Und jene Beiden spähten, wechselnd wach,
Indessen träge hin die Stunden krochen,
In seinem Antlitz einem Zeichen nach,
Daß endlich seiner Krankheit Macht gebrochen.
Das Fieber wich zuletzt, doch wieder schwach
Nun lag er da und reglos; nichts gewährte
Gewißheit, daß ihm die Besinnung kehrte.

Einst da, zum erstenmal halb aufgerichtet,
Schlägt er die Augen auf, schaut Beide an;
Es scheint, daß sein Bewußtsein neu sich lichtet,
Daß er zu sprechen sucht, allein nicht kann,
Dann plötzlich sinkt er rückwärts wie vernichtet,
Auf seinen Geist legt sich der alte Bann;
Nach Tagen erst aufblickt er wiederum
Und schaut den Beiden lang ins Antlitz stumm.

Auf so viel bange Tage, düstre Nächte,
Ist das der erste Hoffnungsstrahl für sie.
Mit warmen Thränen küssend seine Rechte,
Wirft Max sich vor dem Vater auf das Knie
Und schluchzt: „Erkennst du nun, daß ich der Schlechte
Nicht bin, wie du geglaubt? O Vater, sieh
Mich freundlich an!" — „Ach! gib uns deinen Segen!"
Streckt Trini ihm die Hände fleh'nd entgegen.

Der Alte macht unwillig erst ein Zeichen,
Er woll' allein sein auf der Lagerstatt,
Doch nach und nach läßt er den Unmuth weichen,
Sein Blick wird milde, seine Stirne glatt,
Die Rechte, um sie freundlich ihm zu reichen,
Entgegen streckt er seinem Sohne matt,
Auch Trini hat Erlaubniß sie zu küssen,
Und Beide netzen sie mit Thränengüssen.

Mehr nun und mehr durch ihre treuen Sorgen
Genes't der Fürst; Frau Holler und Gemahl
Stehn ihnen bei, und bald erscheint der Morgen,
An dem er nach der schweren Krankheit Qual
Vom Lager aufstehn kann. So wohlgeborgen,
Wie hier im Bauernhaus, in keinem Saal
Der Königschlösser, die von Goldglanz blinken,
Ja nicht im Himmel würd' er sich bedünken.

Zwar wortkarg bleibt er immer noch und spricht
Zum Sohn kein Wort von Allem, was geschehen,
Auch nennt er Trini Schwiegertochter nicht,
Und will, daß sie es sei, sich nicht gestehen;
Doch wenn sie mit dem lieblichen Gesicht
Bei ihm eintritt und ihn um sein Ergehen
Befragt, unmöglich kann er fort sie schicken;
Er muß die Hand ihr zum Begruße drücken.

Schon in der Frühe, wenn sie mit dem Besen
Das Zimmer auskehrt, grüßt sie ihn im Bette;
Dann steht er auf, verwandelt all sein Wesen
Und wandert mit den Kindern um die Wette,
Denn so fühlt er sich von der Gicht genesen,
Als ob sie niemals ihn gemartert hätte;
Er spürt, man wird in diesen Alpenthälern,
An Geist und Seele jung, an Nerven stählern.

Gestützt von Jenen, oft bis zu der Sennen
Berghütten steigt Fürst Friedrich auch empor,
Max lehrt ihn ihre Käsewirthschaft kennen
Und achtsam leiht er manchmal ihm sein Ohr.
Auch, hört er sich Papa von Trini nennen,
Unwillig fährt er nicht, wie sonst, empor;
Bisweilen aber, so will sie bedünken,
Sehn sie in Sinnen plötzlich ihn versinken.

Da spricht er einst: „Fort rufen mich Geschäfte,
Auf kurz darum sei Abschied nun genommen.
Verjüngt hier fühl' ich meine Lebenskräfte,
Frei klopft die Brust, im Norden so beklommen,
Und frischer quellen alle meine Säfte.
Verlaßt euch drauf, bald werd' ich wiederkommen!
Für jetzt lebt wohl!" Er spricht's, gibt anzuspannen
Befehl und rollt im Wagen rasch von dannen.

# Sechstes Buch.

---

Wie ich begeistert eben daran denke,
Den letzten Canto des Gedichts zu singen,
Um das Vollendete zum Weihgeschenke
Dem hohen Adel Deutschlands darzubringen,
Fällt mir der Blick auf meine Bücherschränke,
Und plötzlich sinken läßt mein Geist die Schwingen,
Wie ich das oftmals und vor langen Jahren,
Als ich mein erstes Buch schrieb, schon erfahren.

All diese Reihen, Bände neben Bänden —
Biblioman ja war ich von jeher —
Noch jährlich wachsen sie; wo soll das enden?
Kaum hab' ich Platz in meinem Saale mehr;
Und auf wie vielen, einst von meinen Händen
Gierig durchblättert, ruht der Staub schon schwer!
Wie manchen Ruhm nicht hat die Zeit verschlungen,
Den schmetternde Fanfaren einst umklungen!

Jetzt scheinen viele Bücher uns Scharteken,
Die uns durch blanken Firniß sonst bethört,
Bedünken will's uns, wie wenn Frösche quäcken,
Wo sonst wir Nachtigallenschlag gehört;
Und gar im Winkel der Bibliotheken
Wie schläft den ew'gen Schlummer ungestört
Was noch zu unsrer Väter Zeiten Aller
Entzücken war — wer liest noch Utz und Haller?


„Durch Klopstock wurden des Homer Gedichte,
Tyrtäus ward durch unsern Gleim besiegt" —
So les' ich in der Literargeschichte
Von Achtzehnhundert, welche vor mir liegt.
Cassirt wird von der Nachwelt Schwurgerichte
Wie dieß, manch Urtheil. Die ihr gestern stiegt,
Um kurze Zeit mit falschem Glanz zu blinken,
Sternschnuppen gleich sieht man euch heut schon sinken.


Und doch, nicht zagend vor dem ernsten Richter,
Wag' ich auch — o wie thöricht! — den Versuch,
Mich einzureihen in die Schaar der Dichter,
Ja füge zu den frühern noch ein Buch,
Daß bald, so wie auf ihnen, nein noch dichter
Staub auf ihm lagre, wie ein Leichentuch,
Bis es zuletzt, wofern nicht schon vermodert,
Im großen, allgemeinen Brande lodert.

Denn, jetzt schon hochgeschwollen, immer wachsen
Wird so die Bücherfluth von Tag zu Tag,
Daß sie, und hätte sie auch hundert Achsen,
Die Erde doch zu tragen nicht vermag.
Nichts wird dann helfen; legt man schwere Taxen
Auf Verseschreiben auch und Buchverlag,
Selbst Todesstrafen; Eines nur kann frommen,
Ein zweiter Omar muß als Retter kommen.

Ja komm, Ersehnter! Diese meine Strophen
Und Alles, was ich schrieb, dir geb' ich Preis;
Verbrannt in einem ungeheuren Ofen,
Ein Opfer für der Zukunft Götter sei's!
Nur gib auch, daß der Afterphilosophen,
Daß Hegels Werke brennen, das Geheiß!
Gern, wenn der Babelthurm von hohlen Phrasen
Mit aufflammt, in das Feuer will ich blasen.

Laß in der Gluth die Shakspear=Commentare
Und der Aesthetik=Schreiber Faselei'n
Auflodern bis zum letzten Exemplare!
Wirf noch, sie ew'gem Untergang zu weih'n,
Goethe's Waschzettel und dergleichen Waare
Sammt sämmtlichen Dogmatiken hinein —
Gereinigt, frischer wird nach solchem Brande
Die Luft hinwehn durch alle Erdenlande.

Allein wohin hab' ich in dieser langen
Einleitung mich verirrt? Mein Pegasus
Ist mir auf Seitenwege durchgegangen
Und warf mich ab, so daß ich, um zum Schluß
Vorliegender Historie zu gelangen,
Den Pfad zu Fuße keuchend suchen muß.
Voll Schwindel, kaum in ihren Irrgewinden
Vermag ich wieder mich zurecht zu finden.

Wir haben Nikolas in Wien verlassen,
Wo ihn so arg getäuscht die Perserin.
Verzerrt jetzt schauen ihn und mit Grimassen
Die Bilder an, die ihm so lang den Sinn
Gefangen hielten. Durch der Hauptstadt Gassen
Schleicht er mit tief gefurchter Stirne hin
Und schon sein Blick scheint dem Geschick zu fluchen;
Wo soll er nun sein hohes Traumbild suchen?

Des Ostens Tochter hat ihn in Roxanen,
In Lola ihn des Südens Kind betrogen;
Und wenn er nun zu fernen Meridianen
Fortzieht durch unbekannter Meere Wogen,
Wird nicht auch dort sein Hoffen und sein Ahnen
Ihn trügen, da als schlechten Psychologen
Er hier sich zeigte und beim ersten Laute,
Dem ersten Blick die Beiden nicht durchschaute?

Nah' dran oft war er, wenn sein Schmerz am größten,
Hinabzuspringen in der Donau Wellen,
Damit sie ihn von Welt und Weh erlös'ten;
Auch der Geschwister heitern Naturellen
Gelang es nicht, den Leidenden zu trösten,
Doch Otto ließ sich, den wir als Gesellen
Des edlen Steinmetzhandwerks jüngst verließen,
Erneuerte Versuche nie verdrießen.


Bildhauerei auch in den Nebenstunden
Trieb dieser, sehr geschickt im Modelliren —
Er der zuvor an Pferden und an Hunden
An Staatskarossen, stolz bespannt mit Vieren,
Wettrennen Wohlgefallen nur gefunden,
So Rang und Habe mußt' er erst verlieren,
Um zu entdecken wie ihm in den Tiefen
Der Seele höh're Trieb' und Gaben schliefen.


O heil'ge Kunst, die du an deinen Brüsten
Die Menschheit mit der Milch des Schönen nährst,
So Wen'ge kennen dich! wenn sie doch wüßten,
Wie du dem Leben Trost und Zier gewährst! —
Doch dieß in Klammern! Der Geschwister Büsten
Hub Otto an zu formen, und zuerst
Des Bruders Bild; um Nikolas gesellten
Die Andern bei der Sitzung sich nicht selten.

Indessen Zug an Zug dann aus dem Thon
Das Bild des Melancholischen erwachte,
Mit Scherzen, die vom Mund ihm gaukelnd flohn;
Mit Schwänken, die sein muntrer Geist erdachte;
Abließ nicht eh'r der junge Fürstensohn,
Bis auch der ältre heitre Miene machte,
Und Beistand lieh'n dabei ihm Erich — vide
Buch vier! — so wie Aslauga und Elfride.


Da kam der wüste März, der dem Orakel
Der alten Staatsweisheit den Mund verschloß,
Die Zeit, als Lärm und höllischer Spektakel
Durch Wiens gesammte Straßen sich ergoß,
Und Knaben, kaum des Schultyrannen Bakel
Entflohn, gefolgt vom Gassenjungentroß,
Den alten Metternich zu fliehen zwangen,
Am Stephansthurme hätt' er sonst gehangen.


Nie hat die Freiheit toll're Capriolen
Gemacht, als dazumal im guten Wien,
Da Deutsche jubelten bei den Parolen,
Die Kossuth gab zu Oesterreichs Ruin,
Und an den Straßenecken Ungarn, Polen,
Slovaken, Czechen predigten und schrie'n;
Nah war's schon dran, daß sie durch Guillotinen
Erläuterten die neuen Staatsdoctrinen.

Vom Praterstern her auf der Zeil der Jäger
(Der Reim trägt an der Inversion hier Schuld)
Einst wanderten die beiden edlen Schwäger
Erich und Nikolas durch den Tumult,
Und während Fischverkäufer, Gassenfeger
Durch Lärm der Tagesgöttin ihren Cult
Erwiesen, sprach zu dem Begleiter Erich:
„Entfernt von Wien gern tausend Meilen wär' ich.

„An diese Orgien, diesen permanenten
Spektakel mag ein Andrer sich gewöhnen!
Darum hinweg, hinweg! Mit den Studenten,
Der Aula völlig tollgewordnen Söhnen,
Verbündet, mögen hier die insolenten
Volkshaufen ihrem Freiheitsschwindel fröhnen
Und toben wie vom Bisse der Tarantel —
Wir hüllen uns in unsern Reisemantel.

Mit dir und mit Aslauga nach Venedig
Am liebsten, Nikolas, wohl möcht' ich ziehn,
Der Stadt der Kunst, die schon, da ich noch ledig,
Als Zielpunkt aller Wünsche mir erschien.
Nun, sehen werden wir, wenn Gott uns gnädig,
Im Herbst sie und den hohen Gian Bellin,
Den prächt'gen Paolo, den ernsten Cima,
Doch ist im Sommer dort zu heiß das Klima.

„Laß uns bis dahin denn mit deiner Schwester
In Bergeseinsamkeit Erholung suchen!
Glaub', wohlthun wird vor Allen d i r, mein Bester,
Die Waldesluft, das Schattengrün der Buchen;
Nicht ferner wirst du dort mit schmerzgepreßter
Empfindung deinem Mißgeschicke fluchen!
Die Wunder, die der Berge freier Aether
Im Menschen wirkt, kann ahnen kaum der Städter."

Zustimmte Nikolas des Schwagers Plänen;
Empfand er nach Naturgenuß von je,
Nach blauen Bergseen, wilden Felsenscenen,
Die jetzt als aller Leiden Panacee
Ihm Erich preis't, ein niegestilltes Sehnen.
So eilten flugs zu Otto's Atelier,
Zuvor Aslauga holend, unsre Beiden,
Abschied von ihm zu nehmen vor dem Scheiden.

Verhallen mög' uns denn das Stadtgewühl!
Die Drei empfängt beim schönen Berchtesgaden
(Und Petern mit) ein ländliches Asyl
An des smaragdnen Königsees Gestaden,
In dessen leichtbewegtem Wellenspiel
Den Fuß die mächt'gen Berggiganten baden,
Indeß, von Adlerfittigen umschwebt,
Die Stirn sich trotzend in die Wolken hebt.

Schon früh, wenn noch das Thal in Nebel schwimmt
Und von den Firnen nicht die Wolkenkappe
Gewichen ist, steht Erich auf und nimmt
Zur Hand den Bleistift, untern Arm die Mappe.
Kein Felsenvorsprung, den er nicht erklimmt!
Und, blieb' er hundert Jahre, eine knappe
Zeitfrist erschien' ihm das, die tausendfält'ger
Schönheiten dieses Bergsees zu bewältigen.


Aslauga auch an ihres Häuschens Schwelle,
Wo sie vom blühenden Hollunderbusche
Beschattet wird, sucht bald im Aquarelle
Der Gegend Reiz zu malen, bald im Tusche;
Doch diese Berghöh'n, diese Wasserfälle,
Wer kann sie schildern? Oft, daß sie nur pfusche,
Sich sagt sie, springt verzweifelnd auf vom Sitze
Und wirft ins Wasser die zerriss'ne Skizze.


Und Nikolas? Kam dem von Gram betäubten
Hier eines neuen Lebenstags Beginn?
Ja, nach und nach, wie lang sie sich auch sträubten,
Die düstern Wolken, die auf Geist und Sinn
Ihm drückend lagerten, zu seinen Häupten
In lichtrer Wallung zogen sie dahin —
Allmählig durch sein ganzes Sein und Wesen,
Er fühlt' es, drang ein wonniges Genesen.

Er rang sich, eh' das Morgenroth gekommen,
Von seinem Pfühl in jeder Frühe los,
Und lag, zu steiler Halde aufgeklommen,
Auf duft'ges Gras gebettet und auf Moos.
O Lust, wenn da die Felsen höher glommen
Und, ahnend, daß die Sonne hehr und groß
Bald steigen werde, halb noch traumbefangen
Die Lerchen ihre Morgenlieder sangen!

Er blickt, die Augen halb von Tropfen Thau's
Und halb von Thränen feucht, auf voll Entzücken
Und breitet sehnsuchtvoll die Arme aus,
Als wollt' ans Herz er alles Leben drücken;
Ihm ist, als säh' er aus des Himmelblau's
Krystall geliebte Augen niederblicken
Und holde Züge, die, wie einst im wachen
Traume der Kindheit ihm entgegenlachen.

Wenn auch getäuscht und fürchterlich betrogen
Durch jene Zwei, verzweifeln darf er nicht —
Dieß ist der Inhalt von den Monologen,
Die er nicht laut, doch mit der Seele spricht —
Reichlich wird all sein Weh noch aufgewogen,
Wenn er das Urbild zu dem Traumgesicht
Erst findet, das vor den getäuschten Sinnen
Ihm vorgegaukelt die Betrügerinnen.

Doch wo soll er, in welcher Hemisphäre
Es suchen? In den Sonnenaufgangslanden,
Fern, endlos fern im Osten, wo die Meere
An nie zuvor entdeckte Küsten branden?
Lebt es in Indien als Bajadere?
Als Sonnenpriesterin am Fuß der Anden?
Bergen's im Süden, jenseits noch der Tropen,
Die äußersten der Menschen, die Aethiopen?

So denkend, klimmt er ruhelos von Klippe
Zu Klippe auf; zu jedem Wasserfall
Dringt er durch Farrenkraut und Dorngestrüppe
Und netzt die Stirn sich mit dem kühlen Schwall.
Er schlürft das heil'ge Naß mit durst'ger Lippe
Und lauscht des Sturzes mächt'gem Widerhall
Von Kluft zu Klüften, bis wo es tief hinten
Verhallt in grünen Waldeslabyrinthen.

Er glaubt, die großee Mutter, die Natur,
Werd' ihm durch eine ihrer Stimmen künden,
Wo jene weilt, an die mit theuerm Schwur
Sein Herz gebannt ist. Bald in Thalesgründen,
Bald hoch auf Gipfeln ruft er: „Eine Spur
Von ihr nur zeige mir, und sie zu finden
Den Weg nicht bis ans Weltenende scheu' ich;
Hier feierlich den alten Schwur erneu' ich.“

Einst, als er auf verschlungnen Felsenwegen
Zur Dämmerzeit nach Hause kehren will,
Aus einem Häuschen, dicht am See gelegen —
Die Scenerie ist wie für ein Idyll —
Trägt ihm der Abendwind Musik entgegen,
Gefesselt von den Tönen steht er still,
Und denkt erstaunt: „Wohin bin ich gerathen?
Ein Sennhaus und Beethovensche Sonaten!"

Sie war es, schon beim ersten Ton erkannte
Er sie, die große in F=Moll — begonnen
Hat eben erst das göttliche Andante,
In das der Meister alle seine Wonnen,
Des Herzens glühendstes Entzücken bannte;
Es ist, vom Strahle aller Frühlingssonnen,
An denen seine Seele aufgeblüht,
Sei dieses Eine Wunderwerk durchglüht.

Du siehst, indessen dich die Töne wiegen,
Die niedre Erde unter dir versinken,
Und glaubst, hoch, höher stets emporgestiegen,
Des Sonnenäthers reine Luft zu trinken.
Wohin noch nie ein Sterblicher zu fliegen
Gewagt, dich reißt's empor und immer winken,
Dir neue Himmel, die mit ihrem blauen
Lichtglanz Entzückung auf dich niederthauen.

Nicht wußte Nikolas, wie ihm geschah;
Nie war Musik ihm so ins Herz gedrungen.
Wie festgewurzelt stand er lange da,
Nachdem der Töne letzter schon verklungen.
Dann endlich rafft' er sich empor und sah
Durch's kleine Fenster, rebenlaubumschlungen,
Ein junges Mädchen, am Klaviere sitzend,
Die Stirne träumend mit dem-Arme stützend.

Nicht schildr' ich ihres blauen Auges Strahlen,
Die Wange, sanft von Blässe überhaucht,
Das Lockenhaupt; denn solcherlei zu malen
Ist lang in mir der Ehrgeiz schon verraucht;
Gelänge mir nach langen Dichterqualen
Ein neues Bild, man nennt' es doch verbraucht;
Auch zürnen würde mir der Prinz, verrieth' ich
Sein Theuerstes; drum schweig' ich ehrerbietig.

Noch hängt sein Auge an der wundervollen
Erscheinung, der ätherischen Gestalt,
Die, aus der Himmel siebentem gequollen,
Ein Glanz, wie er ihn nie gesehn, umwallt.
Da sieht er einen Vorhang niederrollen,
Das Licht erlischt, und dunkel legt und kalt
Sich Nacht um ihn — entschwunden, hingeflohn
Ist Alles ihm, wie eine Traumvision.

Daß er berauscht von der Sonate Tönen,
Voll Seelentaumels in die Wohnung kehrt,
Ist selbstverständlich, wie daß nach der Schönen
Am Herzen ihm von jetzt an Sehnsucht zehrt.
Als Weib, das seinen Lebenswunsch zu krönen
Geschaffen ist, steht sie vor ihm verklärt;
Gewißheit hat er in den holden Zügen
Gelesen: diese wird ihn nicht betrügen.


So jeden Abend an der Hütte harrt er
Und hofft, nun werde die Musik erklingen,
Allein vergebens; nach dem Fenster starrt er,
Doch sie zu schauen will ihm nicht gelingen;
Oft währt die ganze Nacht durch diese Marter
Getäuschter Hoffnung, bis die Rosenschwingen
Aurora über'n Watzmanngipfel breitet
Und er gebrochnen Muths nach Hause schreitet.


Dem Schwager nichts verräth er, wenn mit Lachen
Er ihn des steten Trübsinns wegen schilt;
Er weiß, daß er für einen nervenschwachen
Phantasten ihm, wie auch der Schwester gilt;
Doch vor dem Geist im Traume wie im Wachen
Schwebt immer ihm des Weibes Wunderbild,
Nur läßt er, endlich wieder sie zu finden,
Nach langem Suchen fast die Hoffnung schwinden.

War sie vielleicht nicht eine Apsarase,
Aus Indra's Himmel ungerecht verbannt?
Die Peri einer duftenden Oase,
Die sich verirrt in unser Abendland
Und im Momente dicht'rischer Extase
Ihm sichtbar wurde, dann in Luft verschwand?
Ach, mußte sie nachher in Nichts zerrinnen,
Warum je sichtbar ward sie seinen Sinnen?


Als Peter sieht, wie in des Herzens Qual
Sich seines Herren Wangen neu entfärben,
Spricht er zu ihm: „Prinz, meiner Hut befahl
Euch Eure sel'ge Mutter an im Sterben,
Darum beschwör' ich Euch: zum drittenmal
Stürzt Euch nicht in Gefahr und in Verderben!
Flieht, so wie vor der Pest, vor jedem Weibe!
Den Teufel haben alle sie im Leibe.


„Als Euch am See von Como die verhexte
Lola einlud, wo führte das Euch hin?
Gedenkt an Wien, wie zweier Henker Aexte
Euch drohten wegen jener Perserin!
Und nun — das bringt mich ganz aus dem Contexte —
Berückt ein Weib, ich ahn's, Euch neu den Sinn!"
„Schweig!" spricht der Prinz, „von solcherlei Materien
Verstehst du nichts, sie sind für dich Mysterien."

Nicht lang darauf klimmt er in stiller Trauer,
Als abendlich die Tagesgluth sich kühlt,
Durch eine Schlucht, mit deren düsterm Schauer
Verwandt er seine Seelenstimmung fühlt.
Da plötzlich steilab fällt die Felsenmauer,
Von einem wilden Bergstrom unterwühlt;
Und zitternd ob dem abgrundtiefen Bett —
Kein andrer Weg ist — hängt ein schmales Brett.

Der Prinz eilt drüber hin mit sichern Schritten
Und weiter aufwärts durch Geröll und Kraut,
Als eine grüne Alm, besetzt mit Hütten,
Sich aufthut und der Heerdenglocken Laut
Ihm an das Ohr schallt. Unter ihm inmitten
Von steilen Felsen aus der Tiefe blaut
Der Obersee und über ihm erheben
Sich andre Klippen, die das Thal umgeben.

Zu einer Zacke steigt der kühne Klimmer,
Von wo der Ausblick herrlich sich erschließt —
Zu Häupten ihm noch wilde Felsentrümmer,
Vor ihm ein Schlund, der steil hinunterschießt —
Auf einer Klippe, die mit Glorienschimmer
Der Abendsonne goldner Schein umfließt,
Da sieht er eine weibliche Gestalt
An jähem Rand stehn; Schreck durchbebt ihn kalt.

Doch nein, sein Schrecken weicht; so ohne Zagen,
So sicher steht sie an des Abgrunds Rand
Und will den Schritt zu höh'rer Klippe wagen,
Um eine Blume von der Bergeswand
Als ihres Klimmens Lohn davon zu tragen;
Auf einmal hat sie seitwärts sich gewandt,
Ihr Angesicht erblickt er und erkennt
Die Eine, Einz'ge, die kein Name nennt.

Sie ist's, sie ist es, die er zum Symbole
Von allem Hohen, Herrlichen gemacht;
Umflossen wie von einer Aureole,
Noch hehrer als in jener Wundernacht,
Steht sie vor ihm; kaum, daß er Athem hole,
Mag er sich gönnen; wird er nicht, erwacht,
Sie in die Lüfte wesenlos vergehen
Und wie ein Traumgebilde schwinden sehen?

Noch steht er regungslos, halb von Entzücken
Gelähmt und halb von dem geheimen Bangen.
Da, einen Büschel Edelweiß zu pflücken,
Streckt sie die Hand nach oben voll Verlangen,
Allein umsonst; sie sieht, es kann nicht glücken,
Weil an dem steilsten Rand die Blüthen hangen;
Doch, sich ermannend, mit des Steinbocks Schnelle
Klimmt Nikolas empor zu jener Stelle.

Schon sehn wir ihn den Strauß in Händen halten,
Allein wie soll er ihn der Schönen reichen?
Zitternd fühlt er bald tödtliches Erkalten,
Bald hohe Glut durch seine Adern schleichen;
Er glaubt, nicht anders, als mit Händefalten,
Hintreten dürf' er zu der Engelgleichen;
Zuletzt, ein Herz sich fassend, hocherglühten
Antlitzes steht er vor ihr mit den Blüthen.


Sie nimmt den Strauß von ihm: „Mein Herr, ich danke
Für Ihr Bemühn! Welch schönes Edelweiß!
Läßt es sich glauben? Wo nicht Moos noch Ranke
Gedeiht, erblüht es zwischen Schnee und Eis."
Ihm aber ist, als ob der Boden schwanke,
Als wirble Alles um ihn her im Kreis.
Das Mädchen staunt, daß er ihr ohne Laut
Wie blitzgetroffen in das Auge schaut.


Dann abwärts steigend von der Felsenplatte,
Spricht sie: „Zeit ist's, den Heimweg anzutreten;
Die Mutter wartet unten auf der Matte
Und wird mich schelten über mein Verspäten;
Schon auf den Thälern liegt der Abendschatte
Und oft voll Sorge hat sie mich gebeten,
Mich nicht zu hoch im Klettern zu versteigen,
Doch wollt' ich Edelweiß durchaus ihr zeigen."

Der Prinz will Glauben schenken kaum dem Ohre
Und staunt befremdet, da sie also spricht;
Zwar lieblich tönt die Stimme, die sonore,
Doch deutsch von ihr zu hören dacht' er nicht;
Sie, die gleich einem lichten Meteore
So oft gezogen durch sein Traumgesicht,
Geglaubt hat er — an sieht er darum starr sie —
Sie rede nur Sanskrit, Tamulisch, Parsi.

Mit Scheu hinschreitet er an ihrer Seite,
Doch dann, da steil der Weg und voll Gefahr,
Damit sie auf dem glatten Fels nicht gleite,
Beut er die Hand ihr, sie zu führen, dar,
Und ihr ist hochwillkommen das Geleite;
In diesen Höhen, nur bewohnt vom Aar,
Wie fühlte nicht ein junges Mädchen Zagniß?
Zum erstenmal besteht sie solches Wagniß.

Bald wieder ist erreicht das Almengrün,
Und eine Stimme schallt: „Sieh da, Helene!
Im Steigen warst du dießmal allzu kühn.“
Der Schönen Mutter also, und dann Jene:
„Die Blumen, die auf höchster Alp nur blühn,
Nach denen ich mich schon seit Wochen sehne,
Sieh hier! Nachdem mir der Versuch mißglückt,
Hat sie der fremde Herr für mich gepflückt.“

Die Mutter dankt. „Allein nun in den Nachen!
Schon sind die Tagesstrahlen im Erbleichen.
Mein Herr! wenn Sie mit uns den Heimweg machen,
Zu großer Freude soll es uns gereichen;
Schön wird die Fahrt sein; wahrlich! selbst der Achen=
Dem Königsee kann er sich nicht vergleichen.“
Den Beiden folgt der Prinz zum See mit Schweigen,
Wo sie vereint den schwanken Kahn besteigen.


Da nun — wie anders, als wenn aus dem Schlote
Des Dampfers uns der Aschenstaub umfliegt! —
Die klare Fluth sie auf dem Ruderboote
Von einer Schlucht zur andern schaukelnd wiegt,
Indeß die Firnen glühn im Abendrothe
Und in dem See ihr Bild gespiegelt liegt,
Bricht oft Helene, die sich mit dem Strauß
Geschmückt, in Laute des Entzückens aus.


Dem Prinzen auch entquellen endlich Worte;
Vertrauter, menschlicher, erscheint sie ihm,
Als jenen Abend, da am Pianoforte
Er sie für einen hielt der Seraphim,
Die Wache halten an der Himmelspforte.
Wohl noch mit allem Hohen synonym
Ist ihm Helene; doch, mit ihr zu sprechen,
Bedünkt ihn ferner nicht mehr ein Verbrechen.

Was er gesprochen, will ich nicht berichten
Und nicht die Antwort, welche sie gegeben,
Denn Reden gibt es, die durch ihren schlichten
Inhalt dem Prunk der Verse widerstreben;
Ausnehmen sie sich schlecht nur in Gedichten,
Und sind von Seligkeit für's ganze Leben
Doch übervoll. Allein ich kann beschwören:
Die Mutter durfte arglos Alles hören.

Rings Stille; nur den Ton des Ruderschlages,
Des Wassers Fall, das von ihm niedertrieft,
Vernimmt das Ohr; es ist, als sei in vages
Hinträumen die Natur ringsum vertieft.
So an dem Schlusse seines schönsten Tages,
Der ihm für immerdar sein Glück verbrieft,
Tritt Nikolas ans Ufer mit den Beiden
Und grüßt sie ehrerbietig vor dem Scheiden.

Die Mutter drauf: „Sie werden mich verbinden,
Mein Herr, wenn Sie nicht unser kleines Haus
Verschmähn. Stets Abends können Sie uns finden."
Und noch Helene: „Dank auch für den Strauß!" —
So blickt — wie soll die Nacht, der Tag ihm schwinden? —
Der Prinz fortan nur nach dem Spätroth aus;
Langsam mit träge schleichenden Minuten
Scheint ihm der Strom der Zeit dahinzufluthen.

Doch wenn sie endlich kommt, die Abendstunde,
Wenn ihn das kleine, traute Haus umfängt
Und jedem Worte von Helenens Munde
Sich seine Seele stumm entgegendrängt,
Wie ist ihm jede schwindende Sekunde
Mit Glück befrachtet! Wie entzückt nicht hängt
Sein Ohr an jedem Ton der Pianosaiten,
Wenn ob den Tasten ihre Finger gleiten.

Das ist nicht jenes müssige Getändel,
Das im Salon nur gleich der Whistpartie
Die Zeit vertreibt; nein, eure Werke, Händel,
Beethoven, Bach, sind das! Erkennt ihr sie?
Still stehe, glaubt der Prinz, der Stundenpendel,
Gebannt von dieser mächt'gen Harmonie,
Indessen lauschend durch's Gemach die Geister
Hinschweben der unsterblich hohen Meister.

Nachdem Helene so gespielt, gesungen,
Mit ihr hinaus tritt er auf den Altan,
Denn voll Vertrauen läßt ihn ungezwungen
Die kluge Mutter sich der Tochter nahn;
Wohl auch in sanften Mondnachtdämmerungen
Trägt über'n See mit ihr ihn hin der Kahn,
Und mehr und mehr vor ihm zeigt ohne Hülle
Sich ihrer Seelenschätze ganze Fülle.

Von jedem Anblick der Natur noch reiner
Trägt sie in ihrer Brust das Abbild fort;
Was ihm als niedrig nur und in gemeiner
Alltäglichkeit erscheint, verklärt ihr Wort;
Zwiespalt für sie ist auf der Erde keiner,
Der nicht verklingt zum heiligen Akkord,
Und seiner bangen Lebenszweifel jeden
Glaubt er gelös't zu sehn bei ihren Reden.

Die Bitte drängt denn, daß sie sich für's Leben
Mit ihm vereine, sich auf seinen Mund.
Des Fürsten Rang und Titel aufzugeben,
War er gewillt, bevor an diesen Bund
Er noch gedacht, drum ohne Widerstreben
Gibt er als Edelmann sich einfach kund;
Nach Herkunft oder Namen sie zu fragen
Hat er Verlangen nie bisher getragen.

Allein sie spricht: „Freund — laßt mich so Euch nennen —
Mein Herz gewannt Ihr, doch bevor die Hand
Ihr mir zu bieten wagt, müßt Ihr mich kennen;
Ich fürcht', uns Zwei wird eine Scheidewand,
Die zwischen uns gethürmt, für immer trennen;
Ihr, wie Ihr sagtet, seid von Adelstand,
Schlicht aber nennt man mich Helene Heister;
Mein Vater war in Prenzlau Bürgermeister.

So ist das Weib, von welchem er gewähnt,
Es müss' in endlos fernen Regionen,
Wohin umsonst sich der Gedanke sehnt,
An nie zuvor betretnen Küsten wohnen,
Nachdem er Wüsten, endlos ausgedehnt,
Durchpilgert hätte, in entlegnen Zonen
Nicht ist's geboren, nein im märkschen Sand
Zu Prenzlau, wo auch seine Wiege stand.

Daß Nikolas zuerst erstaunt, betroffen
Bei ihren Worten war, erklärt sich leicht,
Doch bald nochmals sein Wünschen und sein Hoffen
Ihr gibt er kund; nicht seinen Bitten weicht
Sie länger aus; er sieht den Himmel offen,
Als sie mit einem Ja! die Hand ihm reicht
Und gleich, nachdem die Tochter eingewilligt,
Auch Madame Heister die Verbindung billigt.

Der Schwester und dem Schwager mitzutheilen,
Welch Glück nach all dem Leiden, das er litt,
Zu Theil ihm ward, will er zu ihnen eilen,
Als an der Hausthür ihm mit hast'gem Schritt
Erich entgegentritt: „Komm ohne Weilen,
Mein Nikolas, komm zu der Schwester mit!
Lies, um zu sehn, wie Alles sich gewandt hat,
Das Zeitungsblatt, das Otto uns gesandt hat!"

Aslauga finden sie in Freudenthränen
Und stammelnd lies't sie also aus der Zeitung:
„O meine Kinder! länger nicht mein Sehnen
Nach Euch halt' ich zurück.  Des Himmels Leitung,
Ich seh's, ließ scheitern mich mit meinen Plänen,
Drum in dem Blatte, das zumeist Verbreitung
Von sämmtlichen Journalen Deutschlands hat,
An Euch mich wend' ich durch dieß Inserat.


„Ihr Alle kommt!  Am ersten des August
Hoch auf des Rigi Gipfel werd' ich stehen;
So schmerzvoll mir gewesen Eu'r Verlust,
So freudiger sei nun das Wiedersehen,
Wenn ich Euch drücke an die Vaterbrust!
Von welcher Art auch seien Eure Ehen,
Ob standesmäßig oder standeswidrig,
Ich will sie segnen. — Euer Vater Friedrich.“


Man denke sich den Jubel unsrer Drei!
Geschwunden nun auf einmal alle Sorgen,
Die ihre Brust gedrückt so schwer wie Blei!
Kund thut der Prinz, was Jenen noch verborgen,
Wie er Helenens Anverlobter sei,
Und alle rüsten sich am nächsten Morgen
Des jungen Paars Vermählung schon zu feiern;
Das Ehgesetz war nicht zu streng in Bayern.

„Nun, zürnst du noch, spricht Erich, daß bisweilen
Ich Spott auf dich gehäuft, wenn du gewähnt,
Fern suchen müßtest, fern vieltausend Meilen,
Du die, nach der dein Herz sich stets gesehnt?" —
„Gut meintest du's mit deines Spottes Pfeilen,
Ruft Jener, mich mit Recht hast du verhöhnt,
Der Reisen ich zum fernsten Firstern plante
Und nicht den Himmel, der so nahe, ahnte."


Ein Pred'ger wird, die Zwei zu trau'n, gefunden,
Lutherisch, so wie sie von Confession,
Und in des nächsten Tages Morgenstunden
Schon präparirt er sich für den Sermon.
Die Braut, nun bald, auf immer ihm verbunden,
Abholen will der Prinz zur Trauung schon,
Da tritt zu ihm im schwarzen Frack sein Peter
Und spricht: „Nur auf ein Wort, Herr! Näh'res später!


„Auch ich will eben meine Hochzeit halten,
Der Pastor soll mich gleich nach Ihnen trauen.
Ja, unbegreiflich ist des Schicksals Walten
Und unberechenbar sind diese Frauen.
In mich, den fünfundfünfzigjähr'gen Alten,
Dem nach und nach die Haare schon ergrauen,
Hat eine schöne Fürstin sich verliebt,
Die heut die Hand mir am Altare gibt."

Laut auf lacht Nikolas: „Statt zum Pastoren,
Zum Irrenarzte, guter Peter, geh!
Seit wann denn hast du den Verstand verloren?"
Doch Jener: „Dieser Spott, Herr, thut mir weh!
Daß eine Fürstin mich zum Mann erkoren,
Ich schwör's! Der Tag, an dem zum Königsee
Man das Gebirgsholz niederfluthen läßt,
Hat eingeleitet dieses Hochzeitfest.


„In dem Gewühl stand ich — ich fass' es kurz —
Der Menschen, die von rings heran dann zieh'n,
Um anzuschau'n der Tannenstämme Sturz.
Da, zwischen Burschen mit entblößten Knie'n
Und andern mit dem Bergwerkknappen-Schurz,
Erblick' ich eine Dame; — mind'stens schien
Sie Excellenz zu sein; in das Gedränge
Verirrt, befand sie sehr sich in der Enge.


„Nun wälzte, horch! mit tobendem Geheule
Der Gießbach nieder seiner Stämme Last;
Die Menge ballte sich zum wirren Knäule
Und drängte sich heran in wilder Hast;
Ich selber fiel und schlug mir eine Beule,
Dann aber, als ich wieder Fuß gefaßt,
Was sah ich? Jäh war, unbemerkt von Allen,
Die arme Dame in den See gefallen.

„Nicht lang mehr, denk' ich, und sie muß versinken;
Ich bahne mir durch das Gewühl den Pfad,
Spring' in den See, und faß' an ihrer Linken,
Die sie mit letzter Kraft erhoben hat,
Mit meiner Rechten sie; von dem Ertrinken
Errettet so durch meine Heldenthat,
Ward sie gezogen an den Felsenstrand,
Wo wartend ihr Livreebedienter stand.


„Der Schurke hätte sie ertrinken lassen,
Und schien kaum über ihre Rettung froh;
In eine Hütte mit der Leichenblassen
Dann gingen wir; bald brannte lichterloh
Ein Feuer dort, daran sie ihre nassen
Gewänder trocknete, doch hell wie Stroh
In ihr auch brannte, oder welke Blätter,
Die Liebe bald zu ihrem Lebensretter.


„Sie lud mich, als ihr die Besinnung kehrte,
In ihre Villa bei Bartholomä;
Und oft, weil sie so dringend es begehrte,
War Abends ich seitdem bei ihr zum Thee;
Gestehen will ich's, daß es lange währte,
Bis Ahnung mir von ihrem Liebesweh
Aufging; man mag mich wegen Dummheit schelten,
Doch für Bescheidenheit nur darf es gelten.

„Schmachtend mit sehnsuchtsvollen Blicken sah sie
Mich an, in stillberedtem Liebesgrame!
Ist sonst der Mann der Freier, war hier quasi
Die Freierin die hochgeborne Dame —
Nicht weiß ich, heißt sie Pulsky, Esterhazy,
Schimpanski, aber ähnlich ist ihr Name;
Sie sagt, in Ungarn lieg' ihr fürstlich Schloß,
Und führt im Wappen ein Rhinoceros.


„An Jahren paßt sie für mich alten Knaben
Und ist noch schön zur Zeit der Dämmerung;
Wohl keinen Andern konnte sie mehr haben,
Und hätte mich gewählt nicht, wenn noch jung;
Jetzt aber sicher, einen Streich der Schwaben
Begeh'nd, wird sie sich im Verzweiflungssprung
Ins Wasser stürzen, wenn ich sie verschmähe;
Ganz angst wird mir bei solchem Liebeswehe.


„Was also, gnäd'ger Herr, bleibt mir zu thun?
Zwar viele Thränen hab' ich drum vergossen,
Allein, wenn einzuwill'gen Sie geruhn,
Aus Ihrem Dienst zu treten, mich entschlossen."
So Peter, und der Prinz drauf: „Laß mich nun!
Ich glaube immer noch, du treibst nur Possen."
Gestanden hat er lang schon wie auf Kohlen,
Und geht hinweg nun, seine Braut zu holen.

Als dann die heil'ge Handlung vorgegangen
Und nach dem Akt, ein junges Ehepaar,
Helene sich und Nikolas umschlangen,
So trat auch, denn es war leibhaftig wahr,
Gefärbt die Haare und geschminkt die Wangen
An Peters Arm die Fürstin zum Altar
Und er von ihr und sie von ihm empfing
Als treuer Liebe Pfand den Ehering.


Und nochmals nun zur Schweiz, der hohen Veste,
Ob deren Wällen, vom Orkan umstürmt,
Der Gletscher ewige Kryftallpaläste
Die Herrscherin Natur emporgethürmt,
Geleite mich, o Freundin, Einz'ge, Beste,
Die seit der frühsten Jugend mich geschirmt,
So wie in meines Epos erften Stanzen
Anruf' ich, Muse, dich am Schluß des Ganzen.


Wie oft, wenn mir der Muth gebrach, die Pfeile
Des unerbittlichen Geschicks zu tragen,
Von dannen trugst du Meile hinter Meile
Mich auf der Phantasie Eliaswagen,
Empor, empor auf hoher Alpen Steile,
Wo tief die Länder mir zu Füßen lagen
Und nicht des Daseins kleinliche Misere
Hinaufdrang in die reine Atmosphäre.

Jetzt leider ist der wüste Lebenstrouble
Bis dorthin auch gedrungen, und je toller
Das Treiben, desto größer ist der Jubel
Der Wirthe; ihre Kasse macht es voller.
Da kapern sie des Russen Silberrubel,
Das Gold des Britten und des Yankee Dollar;
Bald wird zu Gift das Markten, Prellen, Handeln,
Die Milch der frommen Denkart ganz verwandeln.


Am reichlichsten entleb'gen sich die Beutel
Von allen Erdenländern oder Ländchen
Des goldnen Inhalts auf des Rigi Scheitel.
Dort, seht! im Loch des Knopfs das rothe Bändchen,
Bläht der Pariser Elegant sich eitel;
Sei noch so winzig auch das Seidenendchen,
Mit höherm Stolz in seinem Vollbesitze
Blickt er hinunter von des Berges Spitze.


An Ladies auch, gepeinigt von Migränen,
An jungen Fanten aus Berlin und Wien
Ist Ueberfluß und Half-pay-Capitänen,
Sammt andern Gentlemen, geplagt vom Spleen.
Beim Sonnenaufgang gähnen sie, und gähnen,
Wenn in des Abends Roth die Firnen glühn,
Doch tanzen, wie auf Wengern-Alp und Furka,
Zur Nachtzeit lustig Polka und Mazurka,

Schad, Ebenbürtig.

Nun auf den Bergvorsprung, abseits von diesen
Touristen treten wir, wo sich im Kreis
Das Panorama, aller Welt gepriesen,
Aufthut. Seht, wie gekrönt mit ew'gem Eis
Die Berner Alpen, jene Urweltriesen,
Vor uns die Scheitel heben, silberweiß,
Und über zwanzig See'n, die unten glänzen,
Der Blick zu Deutschlands schweift, zu Wälschlands Gränzen!

Dort sitzt, gelehnt an einen Felsenblock,
Nicht achtend auf die andern Rigigäste,
Ein alter Mann im schlichten Reiserock.
Aus seinem Blicke spricht, aus jeder Geste
Erwartung, denn hierher am Alpenstock
Ist er gepilgert zu dem großen Feste
Des Wiedersehns der durchgegangnen Kinder;
Fürst Friedrich ist's, das sieht beinah ein Blinder.

Schon steht sein Max bei ihm, dem er geschrieben,
Hier an dem ersten des August zu sein;
Wie wäre Trini da zurückgeblieben?
Ein jüngstgebornes Kindchen wunderfein,
Das erste Pfand, wie sie und Max sich lieben,
Dem Schwiegervater zu dem Stelldichein
Hat sie gebracht und just auf seinem Sitz
Liebkos't der Großpapa dem kleinen Fritz.

Dazwischen aber schweift der Blick des Alten
Oft abwärts wo in langen Karavanen,
Empor am Berghang, durch die Felsenspalten,
Ruffen herpilgern, Britten und Germanen.
Sorgfältig prüft sein Auge die Gestalten
Der nah'nden Fremden und in momentanen
Aufwallungen leicht hätt' er Den und Jenen
Als Sohn umschlungen unter Freudenthränen.


Doch nun, wer drängt sich aus dem bunten Schwarme
Und wirft sich zu des Fürsten Füßen hin?
Sein Otto ist's und führt an seinem Arme
Elfride, vormals Circustänzerin;
Er aber preßt auf beider Stirnen warme
Willkommenküffe. „Wie so froh ich bin,
Mein Otto, dich an meine Brust zu drücken,
Und Schwiegertochter, dich, o welch Entzücken!"


„Recht hatt'st du, Sohn, daß du, die Kluft der Stände
Nicht achtend, nur gefolgt der Herzensflamme."
Er ruft's; doch seine Freude nimmt kein Ende,
Denn lächelnd streckt aus Armen einer Amme
Ein Zwillingspaar entgegen ihm die Hände;
Zwei Zweige sind's, entsprossen seinem Stamme
Und zärtlich, hohen Glückes sich bewußt,
Drückt er die Enkelchen an seine Brust.

Der in der Kleinen Anschaun ganz Verlorne
Hat lang nicht um sich her geschaut, da sieh!
Sinkt plötzlich Nikolas, der Erstgeborne
Des Hauses, vor dem Vater auf das Knie
Und mit ihm seines Herzens Auserkorne,
Die Gründrin einer neuen Dynastie,
So hoffen wir, die sich nach ächt humanen
Principien reihen wird an die der Ahnen.


Er ruft mit Augen, die von Wonne glänzen:
„Hier meiner Seele Braut dir stell' ich vor;
Die ich gesucht fern an der Erde Gränzen,
In Prenzlau — und ich ahnt' es nicht, ich Thor —
Erwuchs sie. O! wenn Fürsten=Descendenzen
Sonst abwärts steigen, nun empor, empor,
Um alle Königshäuser zu beschämen,
Wird, Vater, dein Geschlecht die Richtung nehmen."


Kaum hat Fürst Friedrich noch umhalf't die Zwei,
Durch welche seines Daseins Winteröde
Nun neu verwandelt wird zum duft'gen Mai,
Da nimmt er wahr, wie, schüchtern noch und blöde,
Aslauga seitwärts steht und nicht herbei
Den Mann zu führen wagt, dem er so schnöde
Zuvor begegnet ist; er geht verlegen,
Die Hände ausgestreckt, dem Paar entgegen.

Nicht duldet er, daß sie zu seinen Füßen
Sich werfen, doch kann Fassung kaum gewinnen;
Bald in die Arme ihn, bald sie zu schließen
Wird er nicht müd und seine Thränen rinnen.
Erst dann mit freudigem Willkommen grüßen
Sich die Geschwister und die Schwägerinnen;
Allein als sie, wie viel sie seien, zählen,
Gewahren sie, daß Etliche noch fehlen.


Kühl wehn schon auf dem Kulm die Abendwinde,
Und Trini will, besorgt um ihren Kleinen,
Ins Wirthshaus eben eilen mit dem Kinde;
An Armen ihrer Musiker erscheinen
Auf einmal da Gertrude und Sieglinde,
Und Max ruft aus: Sieh, Vater, mehr der Deinen
Und immer mehr noch! Bist du jemals, sage,
So froh gewesen, wie an diesem Tage?"


Sieglind hebt an: „Sei uns, o liebster, bester
Papa, und unsern Männern hold gesinnt!
Die Liebe war, die mir und meiner Schwester
Den Rechten zugeführt, dießmal nicht blind
Und stolzer macht es uns, daß im Orchester
Die Beiden wackre Musikanten sind,
Als wenn sie Fürsten wären; hiermit führ' ich
Dir meinen zu; er ist Cellist in Zürich.

Gertrude drauf: „Zwar vom Israeliten
Durchaus nicht lassen will mein Lewyson,
Er sagt, die Glaubenslehren sei'n nur Mythen
Und gleichviel tauge jede Religion;
Allein, drauf will ich eine Wette bieten,
Des allerchristlichsten Monarchen Sohn
Ist nicht so gut wie er, der demokrat'sche
Freigeist, noch solch ein Meister auf der Bratsche."


„Mein Segen — spricht Fürst Friedrich — eurem Bunde!
Und Alle nun, die ihr die Pilgerfahrt
Hierher gemacht, mit mir in froher Runde
Sollt ihr ein Fest begehen seltner Art!
Allein zuvor vernehmt von mir die Kunde,
Die ich für diesen Augenblick verspart!
Wie ihr, hab' ich den bessern Theil erwählt
Und nach des Herzens Drang mich neu vermählt.


„Kommt in das Kulmhaus jetzt! Wen meine Wahl
Getroffen hat, sollt Ihr noch heute sehn."
So geht der Fürst voran zum Gasthofsaal
Und läßt die Kinder dort erwartend stehn;
Bald aber kehrt der neue Ehgemahl
In schwarzem Hochzeitsfrack zurück, und wen
Führt er am Arme? Eine wohlbekannte
Gestalt uns ist's — Emma, die Gouvernante.

Glückwünschend treten Alle zu dem Paar;
Und also spricht der Fürst: „Als viele Wochen
Vorleserin sie mir und Pflegrin war,
Hat Liebe meines Herzens Eis gebrochen;
Zwar lange hat's gewährt, bis sie den Staar
Auch meinem Geiste, der stockblind, gestochen;
Ich stand vor einem ernstlichen Dilemma,
Allein am Ende siegte meine Emma.


„Nach alten Satzungen und dem Statut
Des Fürstenhauses, mir gestehn das mußt' ich,
Ging ich der Titel, des Familienguts,
Sobald ich diese Ehe schloß, verlustig;
Doch schließlich fügt' ich drein mich frohen Muths;
Noch ein'ge Habe blieb mir ja, das wußt' ich;
Und mir und meiner Gattin soll ein Gütli
Jetzt Wohnsitz sein, das ich gekauft am Rütli."


Nun um die reichbesetzte Tafel reihen
Sich Alle wohlgemuthet, vom Ballaste
So vieler Sorgen frei; die Kinder weihen,
Die Eltern gegenseitig sich Toaste:
„Mag herrlicher nun unser Stamm gedeihen,
Da er erlös't ist von dem Bann der Kaste!"
Ruft Nikolas und aneinander hallen
Die Gläser, die von Schaumwein überwallen.

Allein Aslauga, als die Tafelrunde,
Die fröhliche, sie mit den Blicken mißt,
Ruft aus: „Doch Einer fehlt in unserm Bunde,
Der gute Karl, den nie mein Herz vergißt!
So lang schon ward von ihm uns keine Kunde;
Ob er denn wirklich ganz verschollen ist?"
Und bei den Worten schlugen Alle bang
Die Augen nieder: ja, er zögert lang!

Da spricht Fürst Friedrich: „Allzuviel, ihr Lieben,
Fast sind's der Freuden heut für mich gewesen,
So daß mir die Besinnung kaum geblieben;
Daher vergaß ich, euch den Brief zu lesen,
Den Karl mir aus Amerika geschrieben.
In seinem Leben welche Antithesen!
Er, der zur Braut begehrt ein Kind des Czaren,
Was später aus ihm ward, sollt ihr erfahren."

Dann las er: „O mit wahrem Freudenschauer
Las deinen Aufruf im Journal dein Sohn! —
Aus Preußens Kerkern, drin durch Jahresdauer
Mein Leben hingewelkt, zuletzt entflohn
Ward ich hier in New-York bei einem Brauer
Brauknecht und hab' als treuer Dienste Lohn
Nicht seiner Tochter Hand bloß von dem Alten,
Nein reiche Schätze noch dazu erhalten.

„Nun, da mein eigner Herr, ja Millionär
Ich bin, treibt nach der Schweiz der Wunsch, der eine
Dich wieder bald zu sehn, mich über's Meer;
Dort neu die demokratischen Vereine
Organisiren will ich nebenher.
Also auf bald'ges Wiedersehn. Der Deine.“
Ein Jubel war, als das Fürst Friedrich las,
Im ganzen Kreis und neu klang Glas an Glas.


Vom Tische neben dem, an dem sie saßen —
Denn noch von Fremden war dort ein Conflux —
Zu ihnen trat ein Herr, der über Maßen
Beleibt war, aber klein von Körperwuchs.
„Durchlaucht!“ rief er, „ich hoffe, Sie vergaßen
Nicht Ihren unterthän'gen Diener Luchs?“
Fürst Friedrich sah erstaunten Blicks den Dicken,
Denn Körperfülle droht' ihn zu ersticken.


Allein willkommen heißt er ihn auf's Beste
Und weiter fährt der Wohlbeleibte fort;
„Kaum hier vermuthet' ich so hohe Gäste.
Erhabner Fürst, des deutschen Adels Hort!
In unsrer Zeit, die alles Guten Reste
Fortreißt, wo jeder Adelsstammbaum dorrt,
Schau' ich aus Schiffbruch=Scheitern und Ruinen
So wie zu einem Pharus auf zu Ihnen.“

„Doch à propos! Was eben ich vernehme,
Erfuhren Sie es schon, vom Grafen Lorm?
Gestehen muß ich, daß ich fast mich schäme,
Es zu erzählen; es ist zu enorm.
Sie wissen, immer liebt' er die Extreme.
Er, der die Kammerherren-Uniform,
Wie ich, getragen, schon in den Berliner
Märztagen zeigt' er sich als Jakobiner.

„Beim Himmel, würdig sind der lebenswier'gen
Zuchthausbestrafung solche Apostaten!
Seit er zurückgekehrt war aus Sibirien,
Hielt er sich offen zu den Demokraten
Und predigte — fast scheint's, daß in Delirien
Er war — den Sturz der deutschen Potentaten;
Deutschland, rief er bei jedem Redeschlusse,
Sei deinen Klau'n entrissen, frecher Russe!"

„In Dresden kämpft' er auf den Barrikaden;
Alsdann — so eben les' ich im Organe
Der preußischen Regierung das — in Baden,
Wo er der Führer aller Umsturzplane
Gewesen und im Kampf den Kameraden
Vorangetragen hat die rothe Fahne,
Fiel er und rief, als ihn die Kugel eben
Durchbohrte, noch: die Republik soll leben!"

Gehör kaum leihn Fürst Friedrich und die Seinen
Dem was er spricht. Tief Nacht ist es bereits
Und, früh am Morgen wieder zu erscheinen,
Den Nachtgruß bieten sie sich gegenseits.
Der Fürst will noch die Kinder auf dem kleinen
Landgute bei sich sehn, das in der Schweiz
Er jüngst gekauft. So nächsten Tages heiter
Des Weges ziehen sie zum Rütli weiter.


Dem Haus schon nahn sie, wo in froher Muße
Des Alten Lebensrest verfließen soll;
Da grüßt ein Herr sie, der des Wegs zu Fuße
Mit einer Dame wandert, ehrfurchtsvoll
Und hält auch die Begleit'rin an zum Gruße.
Der Fürst erstaunt: „Was seh ich? bin ich toll?
Du, Peter, bist der Herr, der elegante?
Erstaune nicht, wenn ich dich nicht erkannte!"


Der Diener sagt, es geh' ihm excellent;
Die Flitterwochenreise mach' er eben,
Mit der Gemahlin denk' er permanent
In Ungarn auf den Schlössern dann zu leben.
Die Fürstin macht ein steifes Compliment,
Und spricht: „Ich hab' ihm meine Hand gegeben,
Sein ganzes Wesen war mir so sympathisch,
Allein die Ehe ist nur morganatisch."

Abschied nimmt mit gewohntem Redeschwalle
Drauf Peter tiefgerührt, und ihm versprechen,
In Ungarn bald ihn zu besuchen Alle;
Doch können sie der Furcht sich nicht entbrechen,
Gefangen sei ihr Freund in einer Falle
Und seine Heirath werde schwer sich rächen.
Beim Vater nahmen auf der Wochen vier
Dann Kinder, Schwiegerkinder ihr Quartier.

Bald kam auch Karl, gesund, mit vollen Wangen,
Nebst seinem Weib; man sah dem stämm'gen Mann
Was in Sibirien, was er gefangen
Im Kerker ausgestanden nicht mehr an;
Und, von dem Fürsten väterlich empfangen,
Der auch die Brauerstochter liebgewann,
Wohnt' er hinfort, statt in den Yankee-Staaten,
Bei ihm, als Haupt der Schweizer Demokraten.

So lebte, fern von Höflingskreaturen,
Fortan Fürst Friedrich, heiterer denn je;
Die andern Kinder, als sie schieden, schwuren,
Oft zu besuchen ihn an seinem See.
Nach Bayern, wo zuerst Helenens Spuren
Gezeigt ihm hatte eine güt'ge Fee,
Zog Nikolas und ließ bei Berchtesgaden
Sich nieder an den schönen Seegestaden.

Der Andern jeder kehrte zu dem Orte,
Nach dem sein Herz zumeist Verlangen trug,
Doch hielt der Vater alle sie beim Worte
Und sah bei sich sie jährlich zum Besuch.
Dann gab es Wein und Kuchen jeder Sorte,
Und o! wie froh das Herz dem Alten schlug,
Wenn Söhn' und Töchter ihn umschlungen hielten
Und Enkelkinder seine Knie' umspielten.